SHADY LEWIS

AUF DEM NULLMERIDIAN

Roman

Aus dem Arabischen
von Günther Orth

Hoffmann und Campe

Die Originalausgabe erschien 2020
unter dem Titel على خط جرينتش *('Ala Khatt Greenwich)*
bei El-Ain Publishing, Kairo

Die Übersetzung aus dem Arabischen wurde mit Mitteln
des Auswärtigen Amts unterstützt durch
Litprom e. V. – Literaturen der Welt

LITPROM
LITERATUREN
DER WELT

1. Auflage 2023

www.hoffmann-und-campe.de
Umschlaggestaltung: Lisa Busch © Hoffmann und Campe
Umschlagabbildung: © Alex Webb / Magnum Photos /
Agentur Focus
Satz: Pinkuin Satz und Datentechnik, Berlin
Gesetzt aus der Aldus LT Std
Druck und Bindung: GGP Media GmbH, Pößneck
Printed in Germany
ISBN 978-3-455-01572-0

HOFFMANN
UND CAMPE

Ein Unternehmen der
GANSKE VERLAGSGRUPPE

Gewidmet
Ulrike, Maria und Wadea

»Lass die Toten ihre Toten begraben.«
Lukas 9,60

1

Er war ganze zwanzig Jahre jünger als ich. Bis heute weiß ich nicht viel über ihn. Um genau zu sein, wusste ich bis vor drei Tagen nicht einmal, dass er auf dieser Welt existiert hatte. An sich ist es natürlich nichts Erstaunliches, jemanden nicht zu kennen, aber dass ich jetzt mal eben für seinen Leichnam zuständig war, hat mich schon ein wenig aus der Bahn geworfen. Zwar kann man ohne jede Vorwarnung sterben, selbst wenn man nur halb so alt ist wie ich, aber das allein rang mir nicht mehr Erschütterung ab, als wenn ich Morgen für Morgen aufs Neue in den Nachrichten höre, wie viele Menschen diesmal wieder irgendwo ums Leben gekommen sind. Was mich viel unheimlicher anmutete, war die Art und Weise, wie der junge Mann dahingegangen war. Es ist doch trostlos, wenn jemand in seinem Alter einfach so stirbt, im eigenen Zimmer, still im Bett liegend und ohne dass jemand anderes bei ihm weilt. Ein solches Lebensende passt nicht in unsere Zeit, in der wir – ob zum Glück oder leider, weiß ich nicht – den Tod sehr ernst nehmen. Wir sollen ihn als etwas absolut Böses sehen, als ein Mysterium, das eigentlich nicht passieren darf.

Der Arme hätte einen ehrenhafteren Tod sterben können, der es seinen Angehörigen erträglicher gemacht hätte. Zum Beispiel hätte er mit Freunden zusammen aus dem Leben scheiden können. Selbst wenn der gemeinsame Tod das einzig Verbindende zwischen ihnen gewesen wäre, hätte ihnen dies einen nicht zu unterschätzenden Trost geboten. Kollektives Sterben ist seit einiger Zeit ohnehin sehr in Mode. Oder er hätte vor Zeugen sterben können, und die Einzelheiten über seine letzten Momente, die sie immer wieder erzählt hätten, wären seinen Liebsten ein Trost gewesen oder hätten seiner Geschichte einen bittersüßen Beigeschmack beschert, sodass man sich intensiver und länger an ihn erinnert hätte. Oder er hätte vor seinem Tod noch in irgendeiner Weise leiden können, sodass sein Ableben das Ende dieses Leidens gewesen und sein Umfeld erlöst gewesen wäre. Im schlimmsten Fall wäre es immer noch besser gewesen, er wäre bei einem Verkehrsunfall oder etwas in der Art gestorben, sodass man über die Irrwege des Schicksals hätte sinnieren können. Selbst eine solche Sinnlosigkeit, auch wenn sie tödlich war, hätte einem doch noch eine Art Lektion bereitgehalten, und wer davon gehört hätte, hätte bestürzt um Luft gerungen und sich betroffen auf die Brust geschlagen.

Für den Verschiedenen hätte all das allerdings kaum einen Unterschied gemacht, denn bekanntlich leiden die Toten bei weitem nicht so sehr unter ihrem Tod wie die Nachgebliebenen. Diesen bleibt nur, die Trümmer aufzulesen, die durch den Tod des Verstorbenen verursacht wurden, und ansonsten weiterzuleben, als sei nichts gewesen. Dass sie dies schaffen, ist ein noch erstaunlicheres Wunder als eine Geburt und nicht weniger tragisch als der Tod selbst.

Jedenfalls wurde ich durch einen Zufall zu einem von einem besonderen Unglück heimgesuchten Menschen – einem, der sich mit der Unbill des Todes einer Person abgeben musste, die er nie gekannt hatte. Jedoch konnte ich außer mir selbst deswegen niemandem einen Vorwurf machen, denn an jenem Abend gegen Mitternacht, als Aiman mich aus Kairo angerufen hatte und alles seinen Anfang nahm, hätte ich sein Anliegen auch rundweg ablehnen können. Ich hätte einfach nein sagen oder mich mit einer kleinen Notlüge herausreden können, wie ich es öfter mache, seit ich in London lebe. Aber man sollte nicht unterschätzen, wie unangenehm es zuweilen sein kann, jemandem etwas abzuschlagen.

Denn das war das erste und einzige Mal, dass Aiman mich um etwas bat, ja genau genommen hatte mich, seit ich Ägypten verlassen hatte, vorher noch niemand aus Kairo um irgendeinen Gefallen gebeten, den ich ihm hier in London tun könnte. Nach vollen zehn Jahren war dies daher für mich eine einmalige Chance zu beweisen, dass es auch jemandem von Nutzen sein kann, dass ich nun hier lebe. Wenn man allerdings Stolz und Verlegenheit zugleich verspürt, dann führt diese Mischung meist direkt in eine Katastrophe.

Aiman versicherte mir nach einer kurzen Einleitung, dass es mir ganz freistehe, in der Angelegenheit zu helfen, und dass er volles Verständnis habe, falls ich ablehnte. Es gehe darum, am nächsten Morgen in einer Klinik im Osten von London den Leichnam eines Mitte Zwanzigjährigen abzuholen und seine Bestattung zu organisieren. Einfach so, mehr sagte er nicht.

»Ich brauche von dir nur ein Ja oder ein Nein.«

Aiman sprach sehr bestimmt, und ich begriff, dass keine Hoffnung bestand, ihn von seiner Bitte abzubringen. Ich versuchte es gleichwohl: »So geht das aber nicht«, wandte ich ein. »Ich kenne den Toten doch gar nicht. Wie kam denn das alles?«

Wie ich erwartet hatte, brachte das nichts. Er formulierte jetzt nur umso spitzer: »Wenn du uns diesen Gefallen tun willst, sage ich dir, was ich weiß. Wenn nicht, brauchen wir gar nicht weiterzuquatschen. Also: ja oder nein?«

Aiman bekam die gewünschte Antwort in Rekordzeit, kaum eine halbe Minute nach Beginn seines Anrufs. Sein Trumpf war nicht die Schärfe, die in seiner Stimme lag, auch nicht seine Entweder-oder-Frage nach Ja oder Nein, die in ihrer Schlichtheit so unerbittlich ist wie keine andere Frage auf der Welt, sondern es war meine Neugier, die ihn gewinnen ließ. Aiman hätte mir nicht erzählt, was mit dem Toten passiert war, wenn ich abgelehnt hätte, ja er hätte mich bestraft, indem er das Thema nie mehr auch nur mit einem Wort erwähnt hätte. Er wusste, dass meine Neugier meine Schwäche war, und das nutzte er gnadenlos aus.

Aber so düster und rätselhaft Aimans Ansinnen, ich solle einen Unbekannten beerdigen, auch war, erlosch meinerseits der Reiz, mehr zu erfahren, sofort, als er mit den Erklärungen begann. Schon nach wenigen Sekunden war meine Spannung wie weggeblasen. Kennt man ein Geheimnis, ist kein Platz mehr für Wissensdurst, das war mir nicht neu. Außerdem finde ich Fakten, so viel Wirbel um sie auch gemacht wird, in der Regel überbewertet und entsetzlich langweilig.

Wäre die Geschichte mit dem toten jungen Mann, der übrigens Ghiyath hieß, vor, sagen wir, zehn Jahren passiert, wäre sie spannender gewesen. Oder wenn so etwas nicht so furchtbar oft geschähe. Oder wenn sie ein unerwartetes Ende gehabt hätte oder der Tod des jungen Mannes einfach etwas heroischer gewesen wäre. Seine Geschichte aber war ein wenig langweilig und enttäuschend, sodass ich mich kaum an ihre wesentlichen Eckpunkte erinnere. Jedenfalls kennt Aiman eine syrische Familie, die sich im Dorf seiner Mutter in einer kleinen Wohnung eingemietet hatte, und das war vielleicht schon das Interessanteste an der ganzen Geschichte, denn ich hätte mir nicht vorstellen können, dass Syrer jetzt schon bis nach Tayyibin vorgedrungen waren, einem Kaff in Oberägypten, das man kaum auf einer Landkarte verzeichnet findet.

Jedenfalls war diese Familie vor dem Krieg in Syrien geflohen, als es zu schlimm wurde. Und dass es sie ausgerechnet nach Ägypten verschlagen hatte, bewies entweder, wie verzweifelt sie waren, oder dass sie beispielloses Pech gehabt hatten. Der einzige volljährige Sohn der Familie, jener Ghiyath, war jedoch in Syrien geblieben, und zwar aus einem einfachen Grund: Er war nämlich bei einer Abteilung des syrischen Geheimdienstes inhaftiert, ich habe vergessen, in welcher, und selbst wenn ich es wüsste, würde das die Geschichte nicht begreiflicher machen. Jedenfalls, so Aiman, soll Ghiyath mit zwei anderen Gefangenen aus seiner Zelle mit Plastiklöffeln einen Tunnel von hundert Kilometern Länge gegraben haben, sodass sie vom Regimegebiet in eine Gegend gelangten, die von der Opposition kontrolliert wurde. Als sie dort aus dem Erdloch krochen, nahm sie aber aus irgendeinem Grund die gerade dort herrschende Oppositionsgruppe fest. So weit, so gewöhnlich. Ghiyath blieb dort drei Wochen in Haft, während die Gruppen, die sein Gefängnis betrieben, zweiundzwanzig- oder dreiundzwanzigmal wechselten (genau weiß ich es leider nicht mehr). Und aus einem weiteren undurchsichtigen Grund verurteilte ihn der Schariarichter einer dieser Milizen zum Tode, wurde allerdings selbst eine halbe Stunde darauf hingerichtet. So entkam Ghiyath fürs Erste seinem zunächst unausweichlich scheinenden Tod.

Die Geschichte ging noch viel weiter, wurde aber im Einzelnen nicht wirklich interessanter. So soll Ghiyath einhundertvierzigmal Luftangriffen von Flugzeugen aus einundzwanzig Staaten entkommen sein und Fassbomben, die das Regime abwarf, sowie Giftgasangriffe mit farbigen oder farblosen und stinkenden oder geruchlosen Chemikalien überlebt haben. Dazu kamen noch Katjuscha-Raketen. So jung Ghiyath war, so viel hatte er von alldem erlebt.

Dass er dann wieder dem Geheimdienst, diesmal aber einer anderen Abteilung, in die Hände fiel, ist nur ein weiteres wiederkehrendes Detail seiner Geschichte. Zwar muss man zugestehen, dass die Foltermethoden in diesem Knast besonders ausgefeilt und fantasiereich waren und die Peiniger sich besondere Mühe bei ihrer Arbeit gaben, aber das Ergebnis war wiederum sehr ähnlich wie zu Beginn. Diesmal grub Ghiyath einen noch längeren Tunnel und gelangte so ganz aus Syrien hinaus. Er grub ihn allein und ganz ohne Werkzeug, aber ich glaube, Aiman übertrieb, als er behauptete, Ghiyath habe das alles mit auf den Rücken gefesselten Händen getan.

An seinem neunzehnten Geburtstag gelangte er jedenfalls durch seinen selbst gegrabenen Tunnel ans Meer und schwamm anschließend in nur drei Tagen von Beirut nach Alexandria, wobei ihn ein netter Delfin begleitet und auf ihn aufgepasst haben soll. Zu seinem Unglück aber landete er so in Ägypten. Es war ein Sommertag, und es war kein besonders guter, denn aus irgendwelchen zahlreichen komplizierten und unwichtigen Gründen galten Syrer von jenem Tag an im Lande plötzlich nicht mehr als erwünscht. Ein bisschen Glück bedeutete das für ihn gleichwohl, denn die Ägypter setzten ihn in den nächstbesten Auslandsflieger. Das Flugzeug kreiste tagelang über vielen Ländern in der Hoffnung, eines davon würde Ghiyath aufnehmen, bis es schließlich naheliegenderweise in Ecuador landete.

Es vergingen nun zehn Monate, während derer der Flüchtling zu Fuß über vier Kontinente und durch siebenundfünfzig Staaten irrte, zuweilen allein, zuweilen mit anderen. Er wohnte in dreiundvierzig Flüchtlingslagern, überquerte, mehrmals dem Tode nahe, zwei Ozeane, vier Meere und dreizehn Flüsse. In Guatemala erlebte er ein Erdbeben, in Bolivien wollte ihn ein Krokodil fressen. Vor einer Insel im Süden Griechenlands wäre er beinahe ertrunken, hätte er sich nicht an einer Kinderleiche festhalten können, die dort schwamm. In Bulgarien fiel ihn ein Polizeihund an, der drauf und dran war, ihm das Herz aus dem Leib zu reißen und ihn zu zerfleischen. In Berlin versuchte ein anderer Syrer ihn anzuzünden. Der schlimmsten Art zu sterben entging er nur knapp, als eine ungarische Journalistin ihm ein Bein stellte, während er in einem Park vor der Polizei flüchtete. Er fiel dabei zu Boden und stieß sich den Kopf so heftig an einem Stein, dass er beinahe in zwei Hälften zersprang. Aber Unkraut vergeht bekanntlich nicht, so Aiman.

Zweifellos bargen Ghiyaths Erlebnisse manch interessantes Detail, aber alles in allem sind solche Geschichten heutzutage so verbreitet, und Millionen von Menschen haben Ähnliches durchgemacht, dass es einen fast langweilt. Dazu kommt, dass so manche Einzelheiten in Ghiyaths Geschichte, die ich hier in Ehrung seines Andenkens nicht ausbreiten möchte, auch Missfallen hervorrufen könnten, denn auf seiner langen Reise hatte sich der junge Mann auch manche Ungesetzlichkeit zuschulden kommen lassen. Zuweilen war er wohl verständlicherweise dazu gezwungen, aber der Zweck heiligt nun einmal nicht die Mittel, zumal wenn jemand lügt. Als Ghiyath zum Beispiel endlich hier auf unserer kleinen Insel ankam, behauptete er, um nicht nach Frankreich zurückgeschoben zu werden, von wo er gekommen war, minderjährig zu sein. Er sei erst fünfzehn Jahre alt, sagte er, und er log offenbar so überzeugend, dass man ihm glaubte, dass er wirklich fast fünf Jahre jünger sei, als er in Wirklichkeit war.

Wenn ich das so sage, mag es so klingen, als hätte ich etwas gegen den armen jungen Ghiyath, und manch einer mag dies darauf zurückführen, dass ich vielleicht etwas gegen Flüchtlinge hätte oder so etwas. Möglich wäre das durchaus; ich kenne viele andere Migranten, wie ich einer bin, die, nachdem sie hier oder in sonst einem Land erst einmal angekommen sind, am liebsten die Tür hinter sich abschließen und den Schlüssel ins Meer werfen würden. So bin ich aber nicht. Ich stehe Geflüchteten sehr wohlwollend gegenüber, und diese Haltung habe ich schon früh in meinem Leben gelernt, auch wenn es eine bittere Lektion war. Um mich zu entlasten, muss ich diese Geschichte nun wohl leider erzählen.

Als ich ein Kind war, lebten am Ende unserer Seitenstraße im Osten Kairos Zwillingsbrüder. Sie waren ein Jahr älter und viel größer als ich. Sie sahen recht ungewöhnlich aus. Nicht nur hatten sie tiefrotes Haar und sehr blasse Gesichter, sondern jene waren auch noch über und über mit Sommersprossen überzogen, sodass man ihre Gesichtszüge kaum ausmachen konnte. Und wie sie sich benahmen, war nicht weniger seltsam als ihr Aussehen. Möglicherweise hatten sie irgendeinen undurchschaubaren Grund, jedenfalls vermieden sie es immer, mit den anderen Kindern in der Straße zu spielen oder zu sprechen.

Diese Unklarheit war für uns Grund genug, dass wir sie als Fremde empfanden und ihnen gegenüber Furcht und Abscheu zugleich hegten. Doch schon bald sollte diese Distanz zwischen uns schwinden – nur leider auf die Art der Zwillinge und auf meine Kosten.

Eines Tages saß ich auf der Schwelle unseres Hauses. Die Sonne war gerade untergegangen, und wie üblich war die Straße um diese Zeit menschenleer. Nur aus der Ferne sah ich Ashraf und Sharif festen Schrittes auf mich zukommen, und ihre Blicke kündeten davon, dass sie nichts Gutes im Schilde führten. Ich konnte mir aber zugleich nicht vorstellen, dass sie so frech sein würden, mir vor meinem Haus grundlos etwas anzutun. Wahrscheinlich wollten sie mich einfach nur provozieren.

Aber ich sollte mich irren, denn der eine von ihnen kam mir, während ich dasaß, so nah, dass seine Knie fast meinen Rücken berührten und er in all seiner Körpergröße genau über mir stand. Als ich zu ihm aufsah, spuckte er mir einen dicken Schleimbatzen aus seinem Rachen direkt ins Auge. Der zweite trat mich in die Seite, worauf ich einen langen Schrei von Schmerz und Demütigung ausstieß. Die Zwillinge gingen wieder zurück, woher sie gekommen waren, mit festem Schritt und in voller Zufriedenheit über ihre Tat. Als sie zwei Meter gegangen waren, drehte sich der eine noch einmal zu mir um und schrie mir in mir unverständlicher Wut zu: »Verdammter Kreuzanbeter!«

Diese Beleidigung bewirkte, dass ich wieder aufhörte zu schreien, denn der soeben noch scheinbar grundlose Angriff hatte plötzlich einen nachvollziehbaren Grund, denn ich war nun einmal ein verdammter Christ und daher ein Ziel, das man angreifen konnte, ohne Konsequenzen befürchten zu müssen. Diese Erkenntnis reichte aus, dass ich mich beruhigen konnte. Die erstaunliche Lektion, die ich in meinem damals sehr jungen Alter lernte, war die, dass uns Unrecht häufig dann weniger schlimm vorkommt, wenn wir erfahren, was das Motiv dafür war. Schlimm ist nur Unrecht, das man sich nicht erklären kann. Ich kann nicht genau sagen, warum ein Übel weniger schmerzt, wenn es einer plausiblen Regel folgt. Vielleicht weil man sich daran gewöhnt oder es erwartet oder vielleicht auch, weil es dadurch weniger gegen einen persönlich gerichtet wirkt. Dieses Anspucken hatte allen Kopten gegolten, nicht so sehr mir und meinem Auge, sagte ich mir. Diese Vorstellung fand ich völlig in Ordnung, und sie bewirkte, dass ich mir gar nicht erst die Mühe machte, an Rache zu denken.

Meine Mutter sah das allerdings anders. Ich erwartete nicht, dass sie groß reagieren würde, als ich ihr von der Sache berichtete, denn wenn es um verdammte »Dieses-und-Jenes-Anbeter« ging, wie wir Kinder über Religion sprachen, dachte ich, würde sie lieber stillhalten. Jedes Mal schalt sie mich: »Hab ich dir nicht hundertmal gesagt, dass du mit diesen Mistmuslimen nicht spielen sollst? Geschieht dir nur recht, wenn sie dich schlagen!« Und wenn ich erwiderte: »Wenn es andere gäbe, müsste ich mit denen nicht spielen!«, musste ich lediglich mit einer Ohrfeige rechnen.

Aber diesmal geschah ein Wunder. Meine Mutter, diese zartfühlende, einfache Frau, überkam eine riesige Welle des Zorns. Sie packte mich am Arm und zerrte mich die gesamte Straße entlang, bis wir am Haus der Zwillinge waren. Nun begann sie hysterisch zu schreien und hämmerte wie wild an die Tür. Als die Mutter der Jungs öffnete, stieß sie sie zur Seite, sodass sie hinfiel, und meine Mutter rannte, ich hinterher, ins Haus. Als sie die Zwillinge im Wohnzimmer fand, drosch und trat sie so auf sie ein, dass ich Angst bekam, sie könnte versehentlich einen von ihnen töten, falls sie ihn am Kopf traf. Das fürchtete wohl auch deren Mutter, die auf die Straße getreten war und die Nachbarn zu Hilfe rief. Der Wutanfall meiner Mutter dauerte aber nur zwei Minuten, dann verließ sie das Haus wieder. Gleichwohl zitterte sie vor Zorn noch am ganzen Körper, und sie brüllte, dass es die ganze Straße hörte: »Jetzt schlagen die Flüchtlinge schon unsere Kinder! In unserem eigenen Land müssen wir uns von Heimatlosen bespucken lassen!«

Flüchtlinge! Nie zuvor hatte ich dieses Wort gehört. Und noch dazu sagte meine Mutter es abwechselnd mit »Palästinenser«, sodass ich annahm, das bedeute dasselbe. Was mich aber stolz daran machte, war, dass diese Leute, wer immer sie waren, offenbar in der Prügelordnung noch unter mir standen, also ganz unten, denn unten, auf der vorletzten Stufe, war ich ja schon.

»Was heißt Flüchtlinge, Mama?«, fragte ich.

»Leute ohne Land«, erklärte sie.

Ich muss ehrlich und beschämt gestehen, dass dies das erste Mal war, dass ich in meinem kindlichen Bewusstsein das Gefühl bekam, zu meinem Land zu gehören. Und irgendwie war ich den Flüchtlingen dankbar, denn ihnen hatte ich zu verdanken, dass ich ab nun nicht mehr aller Kinder Prellbock war.

Aber anstatt dass die Geschichte damit ihr Bewenden hatte, wurde sie nur noch verwickelter, dramatischer und peinlicher. Nachdem zwei Stunden lang erst einmal nichts passiert war und meine Mutter abgewartet hatte, war der Zwillingsvater von seiner Arbeit nach Hause gekommen und hatte mitbekommen, was geschehen war. Mit der Ruhe bei uns zu Hause war es vorbei, als der Mann wie von Sinnen an unsere Tür schlug und schrie: »Das fehlt uns noch, dass uns Christen unsere Kinder verprügeln!«

Ich sah, wie meine Mutter, vor Schreck zitternd, die Tür öffnete. Nun tat der Mann, was sie zuvor in seinem Haus getan hatte. Er stieß sie zur Seite, sie fiel hin, er stürmte ins Wohnzimmer, aber er suchte zu meiner Überraschung nicht nach mir, sondern nach dem Herrn des Hauses.

»Haben Sie denn hier keinen Mann, der Sie unter Kontrolle hält?«, brüllte er.

Zum Glück war mein Vater noch nicht von seiner Arbeit zurück, sodass der Zwillingsvater nicht viel tun konnte, denn eine Frau hätte er nicht geschlagen. Er versuchte, ein paar Möbelstücke in unserer Wohnung zu zertrümmern, tat sich dabei aber nur die Hand weh. Dann trat er wieder nach draußen, während meine Mutter den Nachbarn in der Straße zurief: »Jetzt verprügeln uns die Palästinenser schon in unseren eigenen Häusern, und ihr guckt von euren Balkonen aus dabei zu wie die Weibsleute!«

Der Mann reagierte darauf völlig unerwartet: Er brach in Lachen aus und schüttelte heftig den Kopf, so als könne er nicht glauben, was er gerade gehört hatte. Seine ganze Wut schien verflogen zu sein, und während er eine Handfläche auf die andere schlug, sagte er: »Was für Palästinenser? Mein Gott, ist das eine verrückte Frau!«

Mit den Zwillingen hatte ich keine weiteren Auseinandersetzungen, und auch unsere Väter gerieten nicht aneinander, denn mein Vater blieb noch Tage nach der Geschichte darauf bedacht, möglichst unauffällig aus dem Haus zu gehen und nach Hause zu kommen. Der Irrtum meiner Mutter dagegen klärte sich schon Minuten nach der Auseinandersetzung auf, indem ihr die Nachbarn erklärten, die Eltern von Ashraf und Sharif seien keine Palästinenser und auch sonst keine Flüchtlinge, sondern Oberägypter, die in Sues gelebt hätten, von wo sie im Sechstagekrieg vertrieben worden seien. Sie hatten dann in Kairo eine neue Wohnung bekommen. Da hatte meine Mutter wohl etwas durcheinandergebracht.

Seit jenem Vorfall und vor allem, als ich älter wurde und alles besser einordnen konnte, entwickelte ich eine positive Haltung gegenüber Flüchtlingen, in der ich mich von niemandem überbieten ließ. Ich beschloss, dass man Geflüchtete gleichberechtigt und würdevoll behandeln musste, denn schließlich konnte man sich irren und Leute für Flüchtlinge halten, von denen sich später herausstellte, dass sie gar keine waren, und das wäre sehr peinlich gewesen. Noch dazu konnte es sein, dass sie einen Vater hatten, der bereit wäre, meinen zu verprügeln, was noch schlimmer gewesen wäre.

Aber zurück zu Ghiyath, bevor wir dessen Geschichte vergessen. Was seit seiner Ankunft im Vereinigten Königreich bis zu dem Zeitpunkt, als sein Mitbewohner Gestank aus seinem Zimmer wahrnahm, geschehen war, ist kaum erwähnenswert. Drei Tage lang war dem Polen gar nicht aufgefallen, dass Ghiyath nirgends zu sehen war, denn seit Bestehen ihrer Wohngemeinschaft hatten sie kaum mehr als *Yes* und *No* zueinander gesagt und hatten sich ansonsten mit improvisierter Zeichensprache über alltägliche Dinge ausgetauscht. Ghiyaths Leichnam lag nun aufgebläht auf dem Rücken und strahlte Ruhe und Überdruss aus. Sein Mitbewohner rief die Polizei, die den Toten zur Obduktion in ein Krankenhaus brachte. Dort tippte man auf Enttäuschung als Todesursache, möglicherweise auch auf die über zwölf Stunden, die er Tag für Tag gearbeitet hatte, oder auf die Langeweile, die Ghiyath empfunden hatte, weil er plötzlich nicht mehr permanent in Lebensgefahr gewesen war.

»Gott habe ihn selig«, sagte ich zu Aiman. »Aber was habe ich mit alldem zu tun?«

Mein Interesse an der Geschichte, das ich vorgegeben hatte, erkaltete zusehends, aber Aiman wollte mich nicht mehr vom Haken lassen.

»Willst du jetzt etwa einen Rückzieher machen? Wir

hatten doch abgemacht, dass du den Leichnam abholst und ihn bestatten lässt.«

Das hatten wir natürlich nicht abgemacht, ich hatte lediglich versprochen zu helfen. Ich versuchte noch einmal, mich herauszuwinden: »So einfach ist das nun auch nicht, für so etwas gibt es doch Vorschriften und Abläufe … Außerdem, in welcher offiziellen Eigenschaft sollte ich da tätig werden?«

Aiman war schnell mit einer Antwort zur Stelle, die mir jeden Ausweg verbaute und mich zum Befehlsempfänger degradierte. Er sagte: »Du brauchst dich um nichts zu kümmern. Alles wird bis morgen vorbereitet sein.«

Ich kam aus der Sache nicht mehr heraus. Aiman war wie üblich um keine Antwort verlegen. Die Angestellte der britischen Botschaft in Kairo, die der Familie telefonisch übermittelt hatte, dass ihr Sohn gestorben war, war sehr mitfühlend gewesen. Noch während des Anrufs schlug sie vor, die Familie solle sich doch für ein Eilvisum bewerben, um dem Begräbnis in London beizuwohnen. Sie deutete sogar implizit an, dass die Familie anschließend möglicherweise gar nicht mehr nach Kairo zurückfliegen müsse und dass sie sich eine solche Gelegenheit doch besser nicht entgehen lassen solle. Aber weil sie so überaus freundlich war, entschuldigte sie sich sogleich dafür, dass sie schon jetzt, zwei Minuten nachdem sie der Familie die traurige Nachricht überbracht hatte, von einem möglichen Asylantrag in London sprach. Es tue ihr leid, dass sie das Begräbnis des Sohns als eine Chance bezeichnet habe. Die Familie nahm die Entschuldigung umgehend an, und am Ende des Gesprächs hatte Ghiyaths Vater mit der Mitarbeiterin, er wusste kaum wie, auch schon vereinbart, dass tags darauf die gesamte Familie in die britische Botschaft kommen solle, um Anträge auszufüllen und die Ausreise vorzubereiten.

Aber es schien auch ein Missverständnis gegeben zu haben. Jedenfalls kam die Familie an der britischen Botschaft in einem Pick-up an, auf dessen Ladefläche sich Koffer und Hausrat türmten, mehr oder weniger alles, was sie besaßen, also letztlich auch nicht viel. Schon während der Anreise hatte der Fahrer Erstaunen darüber geäußert, dass die Familie zu einem ersten Botschaftstermin gleich ihren gesamten Hausstand mitnahm, und Belustigung über so viel Naivität zu erkennen gegeben. Die Eltern entgegneten, dies sei das erste Mal, dass ihnen ein Sohn gestorben sei, was wüssten sie denn schon, was da zu tun sei. Aber sie sollten recht behalten, denn eine blonde Botschaftsdame, die die Familie in Kairo in Empfang nahm, war nicht nur noch freundlicher und fürsorglicher als ihre Kollegin vom Telefongespräch, sondern informierte sie auch, dass der Konsul persönlich mit ihrer Angelegenheit befasst sei, und hinge er deswegen nicht permanent am Telefon, um Rücksprache mit London zu halten, wäre er umgehend gekommen, um ihr zu kondolieren. Die Familie füllte ein paar Formulare aus und gab die Pässe ab. Sie war noch keine Stunde in der Botschaft, da bat die Mitarbeiterin die Familie, nun wieder zu gehen. Sie versprach, sie würde noch heute oder spätestens am Vormittag des kommenden Tages einen Anruf bekommen und könnte dann ihre Pässe wieder abholen.

Bis zu diesem Moment, als sie die Botschaft verließ, hatte die Familie kaum Gelegenheit gehabt, ihre Situation zu verarbeiten oder darüber nachzudenken, was sie hier tat. Seit dem Anruf von der Botschaft hatte die Mutter Taschen gepackt und gründlich die Wohnung geputzt, denn sie fand, es gehörte sich nicht, eine Wohnung bei Auszug schmutzig zu hinterlassen. Der Vater hatte seinerseits den ganzen Abend über telefoniert und bei allen Bekannten nah und fern um Geld gebeten, damit sie die Flugtickets und sonstige Kosten würden bestreiten können.

Davon abgesehen gelang es den Eltern, so zu tun, als hätten sie die Todesnachricht gar nicht vernommen. Ghiyaths Mutter hatte noch keine Träne darüber vergossen und hing stattdessen einer ganz und gar seltsamen Gewissheit an, von der sie gleichwohl ahnte, dass sie abwegig war. Aber sie hatte ihren Sohn zuletzt gesehen, als dieser siebzehn Jahre alt war und kaum wusste, wie man sich ein Ei kocht, und dennoch hatte er all den Schreckenserlebnissen getrotzt und die ganze Welt durchquert. Da konnte er doch nun, wo überhaupt keine Lebensgefahr mehr bestand, nicht einfach so gestorben sein! Bestimmt war das nur ein Trick, den er in der Fremde gelernt hatte, und er hatte sich totgestellt, um seine Angehörigen nach Europa zu bringen. Hatte er nicht neulich erst bei einem Skype-Anruf gesagt, er würde demnächst eine Familienzusammenführung beantragen, und sie würden bald wieder vereint sein? Außerdem hatte er zuvor schon mindestens zweimal seinen eigenen Tod vorgetäuscht, und dass in der Botschaft alles so problemlos gelaufen war, sah die Mutter als Bestätigung für ihre Vermutung.

Ihr Mann wirkte seinerseits einen Moment lang abwesend, als der Pick-up-Fahrer ihn mit der Frage konfrontierte, was er denn nun bitte machen solle. Er hatte über eine Stunde vor der Botschaft gewartet und wollte wissen, ob er die Familie gleich weiter zum Flughafen oder doch lieber zurück nach Tayyibin bringen solle. Die erste Option war natürlich spöttisch gemeint. Die gespielte Witzigkeit des Fahrers bewirkte jedoch nur, dass der Familienvater ihn anstarrte und kein Wort herausbrachte. Nach zwei Minuten beendete die Frau das Schweigen und bat den Fahrer mit heiterer Stimme, er solle sie doch bitte zum Tahrir-Platz bringen und sie dort samt Gepäck absetzen. Bestimmt würde die Botschaft schon bald anrufen, und da sei es besser, wenn sie nicht zu weit weg seien.

Aiman kam gerade aus der El-Sadat-Metro-Station und wollte zu seiner Arbeit gehen, als der Pick-up-Fahrer den Hausstand der Familie ablud. Aus irgendeinem Grund blickte Aiman nach hinten in Richtung des Mogamma-Gebäudes, anstatt wie gewöhnlich sofort weiter in die Talaat-Harb-Straße zu laufen, und so sah er Ghiyaths Eltern samt Kindern und Gepäck dastehen. Es war einer dieser kleinen Zufallsmomente, denen die unvorhersehbarsten Folgen entspringen, die sich jeder Logik entziehen, so wie vieles andere an dieser Geschichte. Wollte man in diesen beiläufigen Blick Aimans nach hinten in genau diesem Moment etwas hineininterpretieren, dann vielleicht, dass Regellosigkeit zuweilen recht streng und unerbittlich waltet.

Aiman ging in ihre Richtung, um sich zu vergewissern, dass es sich wirklich um die ihm bekannte syrische Familie handelte, und erkannte an der Art, wie sie dastand, dass etwas nicht stimmte. Ihm ging durch den Kopf, ob sie wohl aus ihrer Wohnung im Dorf geworfen worden war oder aus irgendeinem Grund beschlossen hätte, wegzugehen. Es war damals in Ägypten nicht ungewöhnlich, dass die Polizei von Haus zu Haus ging und den Besitzern mitteilte, sie hätten etwaige syrische Mieter bitte schön auf die Straße zu setzen, ansonsten würden die Einsatzkräfte dies selbst tun.

»Was macht ihr hier, Abu Ghiyath?«, fragte Aiman.

Der Mann stand wie angewurzelt da und riss die Augen auf, als er Aiman erkannte. Sein Gesichtsausdruck war unverändert abwesend. Er schien etwas sagen zu wollen, sein Mund stand offen, aber er brachte nur ein Zischen hervor, das in einem leisen Röcheln endete. Aiman versuchte es noch einmal mit derselben Frage, aber der Familienvater schien in diesem Moment zum ersten Mal darüber nachzudenken, was er hier tat. Kurz darauf begannen die Kinder, die offensichtlich erschreckt darüber waren, ihren Vater so zu sehen, leise zu weinen, während sie ihn am Arm fassten. Aiman blickte seine Frau an und hoffte, von ihr eine Antwort auf die Frage zu bekommen, die er nun zum dritten Mal stellte. Die Mutter ihrerseits brach nun in ein Klagen aus und schlug sich mit aller Kraft aufs Gesicht, und im nächsten Augenblick packte sie ihren Mann an der

Gurgel und schrie etwas, das Aiman nicht verstand. Nun erwachte der Familienvater aus seiner Benommenheit. Er befreite sich aus dem Griff seiner Frau und hielt ihr den Mund zu, um ihren Schreianfall zu beenden. Fußgänger wandten sich in die Richtung des Geschehens, aber glücklicherweise blieb niemand stehen.

Aiman verstörte, was er sah, und er trat zwei Schritte zurück, um dem Ehepaar eine Möglichkeit zu geben, seinen Streit zu beenden. Einen Moment lang kam ihm der Gedanke, sich geräuschlos aus dem Staub zu machen, denn offenbar nützte seine Anwesenheit niemandem; ja anscheinend hatte seine Frage den ganzen Tumult erst ausgelöst. Aber nun wandte sich der Mann, der seiner Frau noch immer den Mund zuhielt, in einer plötzlichen und beängstigend unterkühlten Gefasstheit an Aiman. Gott habe entschieden, erklärte er ihm, Ghiyath zu sich zu nehmen, und sie seien auf dem Weg nach London, um ihn beizusetzen.

Aiman musste dringend weiter, ein Arbeitstreffen wartete auf ihn, wenngleich es ihm peinlich war, sich ausgerechnet jetzt zu verabschieden. Er ließ sich noch kurz erklären, was die Familie hierher verschlagen hatte, und riet allen, sie sollten gut auf sich aufpassen, denn in Ägypten sei es für Syrer zurzeit ratsam, unauffällig zu bleiben. Er meinte damit, dass die Frau lieber aufhören solle zu weinen oder Trauer zu zeigen, und das tat sie auch, nachdem ihr Mann sie mehrfach zurechtgewiesen hatte.

Gegen fünf Uhr nachmittags erfuhr Aiman, dass die britische Botschaft tatsächlich angerufen hatte. Die Familie sollte bitte ihre Pässe abholen, doch leider war kein Visum darin. Diesmal empfing sie der Konsul persönlich, dem die Sache äußerst unangenehm war. Er entschuldigte sich ein ums andere Mal, die Entscheidung liege aber leider nicht in seiner Hand. Er könne die Familie allenfalls dabei unterstützen, den Leichnam des Sohnes nach Kairo holen zu lassen, damit sie ihn hier bestatten könnte. Allerdings sei das auch recht kostspielig. Eine andere Möglichkeit wäre, jemanden in London damit zu beauftragen, die Bestattung dort durchführen zu lassen. In diesem Fall müsste die Familie der Botschaft lediglich die Angaben zur Person des Beauftragten mitteilen und zwei Formulare unterschreiben. Der Konsul war sehr zuvorkommend und einfühlsam und deutete an, dass er die zweite Option befürworte, denn da kämen auf die Familie keinerlei Kosten zu, und er selbst könnte alles noch heute in die Wege leiten. Schließlich entschuldigte er sich noch einmal sehr höflich dafür, dass er unter solchen Umständen über Vorschriften und Geld spreche. Abu Ghiyath wusste nicht, was er antworten sollte, und seiner Frau fiel lediglich ein, sich vom Konsul eine Bedenkzeit bis zum nächsten Vormittag zu erbitten.

An jenem Tag übernachtete die Familie bei Aiman im Stadtteil Sayyida Zeinab, und am Abend rief Aiman mich an. Der Familienvater fand keinen Schlaf und versuchte noch zu begreifen, was geschehen war. Vor wenigen Stunden waren seine Familie und er noch im Begriff gewesen, nach London zu fliegen und nie wieder zurückzukommen. Jetzt blieb ihm nur noch, darüber nachzugrübeln, welchen

Sinn ein solcher Tod ergab. Er war ja an Todesnachrichten gewöhnt und nahm sie hin, es blieb ihm nichts anderes übrig. Mehr als einmal hatte er dem Tod ins Gesicht gesehen. Seine Mutter und zwei seiner Brüder waren bei zwei Luftangriffen ums Leben gekommen, und er hatte ihre Körperteile auflesen müssen. Seine Schwägerin war verschwunden, bis man ihren zerfetzten Leichnam am Straßenrand fand. Ein Cousin von ihm war samt Familie auf der Flucht ertrunken, und ein Freund aus Kindheitstagen war zu Tode gefoltert worden. Er hatte nicht gewagt, auf sein Begräbnis zu gehen. Onkel, Bekannte, Cousins, Freunde, Schwager, Kollegen, alte Nachbarn, ehemalige Schulkameraden, sie alle waren nach und nach schreckliche Tode gestorben, manche von ihnen am selben Tag. Was aber hatte es zu bedeuten, wenn jemand so oft so knapp überlebt hatte wie sein Sohn, um dann mit zwanzig Jahren, ohne auch nur einen Kratzer abbekommen zu haben, auf dem Rücken liegend, einsam und in der Fremde zu versterben? Ohne dass es einen Mörder gab, an dem man sich rächen oder den man wenigstens hassen konnte?

Weiter kam er mit seinen Gedanken nicht, aber entscheiden musste ohnehin seine Frau, denn sie war es gewesen, die sich die Bedenkzeit erbeten hatte. Sie versuchte, nicht daran zu denken, dass sie Ghiyath nie wieder sehen würde, nicht einmal tot. Sie schob den Gedanken beiseite, dass ein kleiner oder großer Beamter in einer Londoner Behörde, der sie nie gesehen hatte und der nichts über ihren Sohn wusste, der ihre Schmerzen beim Kaiserschnitt nicht erlebt und ihre Tränen nicht gesehen hatte, als sie das kleine Gesicht des Jungen zum ersten Mal erblickt hatte, entschied, dass sie Ghiyath nicht bestatten durfte. Mit einem Unterschriftenkürzel hatte er ihr verwehrt, ihren Sohn zum letzten Mal auf die Stirn zu küssen, einfach um sicherzugehen, dass sein Körper erkaltet war. Wie herzlos über solche Dinge entschieden wurde! Und wie unwürdig ein solcher Tod war, sowie die Tatsache, dass Ghiyaths Tod für die Familie nur noch in einer Leiche bestand, der man sich möglichst würdig oder auch unwürdig zu entledigen hatte. Der finanzielle Aspekt und die Vorschriften, dazu gutgemeinte Versprechungen von Fremden, schränkten die Optionen der Familie stark ein. Selbst wenn es ehrlich gemeinte Zusagen waren, würden sie ja wohl doch nicht alle eingehalten werden …

»Tote sind tot, Umm Ghiyath! Denk an das Geld, das brauchen deine kleinen Kinder dringender«, erklärte Aiman der Frau in einem etwas zu unerbittlichen Tonfall, was sie wirklich entscheiden könnte.

Sie brachte kein Wort heraus, stattdessen nickte sie kapitulierend, was Aiman als Zustimmung auffasste. Ghiyath würde also in London bestattet werden, und man würde zwei Trauerfeiern für ihn abhalten, eine dort und eine in Kairo. Letztere würde Aiman organisieren.

»Wie soll ich ihm denn auch noch eine Totenfeier ausrichten? Die Bestattung ist das eine, aber eine Feier?«, wandte ich ein. Mir schien, das alles sei überdies mit Kosten verbunden, die ich für Aimans großspurige Versprechungen an die Eltern des Toten zu tragen haben würde. Aber Aiman hatte noch immer keinen Sinn für meine Einwände und meinte nur: »Das schaffst du schon, so schwer ist das nun auch nicht.«

»Nein, ganz einfach ist das!« Mir blieb nur noch Spott.

Aiman beendete unser Gespräch noch strenger im Ton, als er es begonnen hatte, und sagte: »Jetzt ist keine Zeit für Scherze. Es ist wirklich ganz einfach. Bis morgen Abend bekommst du die offizielle Beauftragung.«

2

Er war zwanzig Jahre älter als ich. Seit er auf einem dieser Boote, deren Insassen man nach der Überfahrt wenige Kilometer vor der Küste absetzt, nach Italien geschippert war, hatte ich ihn nicht mehr gesehen. Er war anschließend noch zweimal besuchsweise nach Ägypten gekommen, nachdem er sich in Italien einen legalen Aufenthalt verschafft hatte und dort Toiletten putzen durfte. Aus Gründen, die ich nicht benennen kann, hatte ich ihn beide Male nicht getroffen. Ich wusste kaum noch mehr über ihn, als dass er sehr dünn gewesen war, und an seine Stimme konnte ich mich schon gar nicht erinnern, aber sechs Monate nach meiner Ankunft in London hörte ich sie. Er pflegte uns nur selten anzurufen, aber zufällig hatte er sich zwei Tage zuvor telefonisch bei meiner Mutter in Kairo gemeldet und sich nach dem Wohlergehen der Familie erkundigt. Von ihr hatte er die frohe Kunde gehört, dass ich wenige Monate nach meiner Ankunft einen ersten Job in England bekommen hatte. Er sah es daraufhin als eine Pflicht, sich meine Nummer geben zu lassen und mich anzurufen. Das Gespräch zog sich etwas hin, denn der Mann, der mich zuletzt als zehnjährigen Jungen gekannt hatte, wollte alles erfahren, was ich seither erlebt hatte. Ich beließ es bei einer trockenen Zusammenfassung dessen, was ich studiert und gearbeitet habe. Er war es zufrieden, aber was dann doch viel Zeit in Anspruch nahm, war das Erstaunen des Cousins meiner Mutter darüber, welcher Art die Stelle war, die ich angetreten hatte. Er traute seinen Ohren kaum und stellte immer wieder dieselben Fragen, und bei jeder Antwort von mir hörte ich ihn am anderen Ende der Leitung vor Glück leise seufzen und vor Ergriffenheit nach Luft ringen. Ein paar Lacher rutschten mir deshalb heraus, obgleich ich mich bemühte, sie mir zu verkneifen. Mein Onkel zweiten Grades war im höchsten Maß beglückt, wenn er auch nur zögerlich zu glauben schien, was er hörte, und zwischen diesen beiden Empfindungen von Entzücken und Zweifel legte sich etwas Scham auf seine Stimme, denn uns beiden entging nicht, dass aus seinen Fragen auch Neid sprach.

»Du arbeitest jetzt also für die Regierung?«, fragte er und betonte dabei jede Silbe, um jeden Anflug von Zweifel zu zerstreuen.

»Nicht direkt für die Regierung, Onkel«, erklärte ich. »Für den Bezirksrat.«

Ich versuchte die Dinge zurechtzurücken und schlug einen ironischen Ton dabei an, aber er ließ sich dadurch nicht von seiner Einschätzung abbringen.

»Bei der Regierung also. Der Bezirksrat, das *ist* doch die Regierung! Und ein Büro hast du auch?«

Vor Überwältigung überschlug sich fast seine Stimme, und schließlich pflichtete ich ihm bei: »Ja, Onkel, ich arbeite in einem Büro.«

Er schwieg kurz, bevor er sich, nun noch ernster und prüfender, weiter erkundigte: »Und du hast deinen eigenen Bürostuhl und einen Schreibtisch und alles?«

Ich bemühte mich, das Unwohlsein, das mich angesichts seiner bohrenden Fragen überkam, nicht durchscheinen zu lassen, aber begeistert klang ich nicht, als ich antwortete: »Ja, einen Stuhl habe ich, einen Schreibtisch auch und sogar einen Computer.«

Der Mann war nun restlos begeistert. Stolz darauf, dass einer aus seiner Familie es in der Fremde zu etwas gebracht hatte, frohlockte er: »Gott sei gepriesen! Und das alles, obwohl du erst so kurz da bist! Dem Himmel sei Dank!«

Ich versuchte noch einmal, die Dinge in Normalmaß darzustellen, aber ich wusste, dass es keinen Zweck hatte. »Es ist nur eine kleine Stelle, aber ich bin dankbar«, sagte ich.

Mein Onkel war natürlich anderer Meinung, und in einer Mischung aus Nachdruck und Tadel kommentierte er: »Eine kleine Stelle nennst du das? Du sitzt auf deinem eigenen Bürostuhl!«

Ich rufe mir dieses Telefongespräch von damals heute gerne ins Gedächtnis und erinnere mich daran, wie Onkel Tanius mich mehrfach nach meinem Bürostuhl gefragt hat, um mich auch nach neun Jahren noch über meinen bescheidenen Job hinwegzutrösten. Zwar sollte ich die Stelle, die ganz unten in der amtlichen Hierarchie angesiedelt war, seinerzeit nur temporär antreten, aber ich war geblieben, und so schlecht war sie nun auch nicht. Ich hatte mehr Glück gehabt als andere, und dass ich hier in London im Bezirksrat arbeiten durfte, ja dass ich überhaupt irgendeine Anstellung hatte, war durchaus ein Glücksfall, und die Schattenseiten meiner Stelle waren nicht schlimmer als das, was ich bei vorigen Jobs erlebt hatte, denn es war immer so gewesen, dass ich nichts oder fast nichts zu tun gehabt hatte. In Ägypten hatte ich noch so tun müssen, als ob ich arbeitete. Hier war das unnötig, denn alle um mich herum waren permanent so mit ihren Aufgaben beschäftigt, dass sie kaum wahrnahmen, ob ich da war oder nicht. Es verunsicherte mich lange, dass sie so viel zu arbeiten hatten, während ich nicht wusste, was ich tun sollte. Meine Vorgesetzten kritisierten mich auch regelmäßig für meine Untätigkeit. Nur einer von ihnen schaffte es von Zeit zu Zeit, mich zu ein paar Tätigkeiten zu bewegen, mit denen ich meine Arbeitsstunden ausfüllen konnte. Mein Problem bestand aber nicht nur darin, die Zeit zu füllen, sondern darin, etwas zu tun, das mir das Gefühl gab, es sei sinnvoll. Jeden Tag zwang ich mich daher, an das Gespräch mit meinem Onkel zu denken, und heute ganz besonders. Ich hatte einen Stuhl und ich saß darauf. Ich fasste an die Armlehnen meines Bürosessels und lächelte.

Seit die Tories regierten und das Budget für soziales

Wohnen um die Hälfte gekürzt hatten, war es auch besser geworden, denn die Abteilungsleiter in allen Ämtern des Bezirks waren auf eine sehr kluge Idee gekommen, wie man mit der Sparpolitik umgehen konnte: Je weniger Geld zur Verfügung stand, desto mehr Formulare und Tabellen mussten wir ausfüllen, desto mehr Berichte mussten wir schreiben und an desto mehr Versammlungen mussten wir teilnehmen. Zwar änderte sich dadurch nichts, denn viele Sozialwohnungen gab es schlicht nicht mehr, und mittlerweile waren über eine Million Anträge eingegangen. Die einzige Art und Weise, dem beizukommen, war mehr Papierkram und eine Verlängerung der Bearbeitungszeit um mehrere Jahre. Und bis diese Vorgänge erledigt waren, waren wir Angestellten zumindest beschäftigt. Wir sammelten Anträge und gaben sie ins System ein, dann mussten sie von Zeit zu Zeit erneut durchgesehen und überprüft werden, dann noch einmal, und dann wurden sie in Tabellen und Grafiken überführt, bis die Anträge schließlich erneut gesammelt und mit früheren abgeglichen wurden und so weiter. Derweil lebten die Antragsteller jahrelang in provisorischen Unterkünften in staatlich verordneter Armut und durften von Jahr zu Jahr Hoffnung schöpfen, die in einem gelben amtlichen Formular bestand, während sie im Glauben an den Wohlfahrtsstaat verharrten und sich wünschten, der Abgleich ihrer Angaben möge zum ersehnten Ergebnis führen. Ganz neu war dieser Ansatz nicht; seit langem folgt die Bürokratie der Logik, dass man die einen beschäftigt und die anderen in der Hoffnung belässt, dass eine Bearbeitungsrunde nach der anderen, wie lange sie sich auch hinzieht, eines Tages zu etwas führen könnte.

Ich habe einmal ein sehr interessantes Buch über das alte Ägypten gelesen, dessen Titel mir entfallen ist, das meine Theorie aber bestätigt. Demnach haben die Pharaonen die Pyramiden und andere nutzlose Prunkbauten nur errichten lassen, um die Leute während der Überschwemmungszeiten beschäftigt zu halten, wenn man weder aussäen noch ernten konnte. Sie wollten damit vermeiden, dass sie Sinnfragen stellten, sich mit Midlife-Krisen herumschlugen oder aus Einsamkeit und zu viel freier Zeit heraus unruhigen Gedanken nachhingen.

An jenem Tag aber fiel es mir schwer, mich mit der Erinnerung an das Telefongespräch mit meinem Onkel aufzuheitern, denn ich musste dauernd an Aimans Anruf vom Abend zuvor denken. Ich sollte mich um eine Leiche und eine Begräbniszeremonie kümmern. Ich hatte nur zwei Stunden geschlafen und war entsprechend wenig gut gelaunt. Das Letzte, was ich gebrauchen konnte, war eine E-Mail in meinem Postfach, deren Betreffzeile lautete: »Hausbesuch mit Abt. für psychologische Betreuung, heute 11 Uhr«.

An normalen Tagen wäre ein solcher Ortstermin kein Grund gewesen, dass ich mich ärgere. Im Gegenteil, so kam man mal aus dem Büro und hatte einen Anlass, sich die Beine zu vertreten. Außerdem war es immer interessant, einen soeben aus der Klinik entlassenen psychisch Kranken zu besuchen und sich seine meist sehr fantasievollen Geschichten anzuhören. Und selbst wenn ein solcher Patient mal unangenehm war, musste ich nicht viel tun, denn zumeist war meine Anwesenheit bei derlei Hausbesuchen reine Formsache. Die Angestellten der Abteilung für psychologische Betreuung erledigten die Arbeit ganz allein. Sie sollten untersuchen, inwieweit der Kranke in der Lage war, eigenständig zu leben, oder ob er vorrangig auf die Liste für eine Sozialwohnung käme. Man muss auch sagen, dass meine Kollegen ihre Arbeit aufs beste erledigten, obgleich sie wie ich der Überzeugung waren, dass der ganze Vorgang reine Routine war. Was bei ihrem Bericht herauskam, war ziemlich einerlei, denn freie Sozialwohnungen gab es nicht, sodass die Kranken am Ende entweder einen Nervenzusammenbruch erlitten und wieder in einer Klinik untergebracht wurden oder in der provisorischen Unterkunft aufgrund der dort herrschenden Zustände einen Suizidversuch unternahmen.

Wenn ein solcher erfolgreich verlief, erhob sich jedes Mal ein Streit zwischen unserer und deren Abteilung, wer daran schuld war. Die von der psychologischen Betreuung hielten uns vor, der Betroffene hätte schon lange in geordneten Verhältnissen untergebracht werden müssen, während unsere Chefs dagegenhielten, dass es ja schließlich die psychologische Abteilung sei, der das Wohl von psychisch Kranken obliege, und dass man den Selbstmörder zuvor in ein Krankenhaus hätte einweisen müssen. Aber trotz unseres scheinbaren Streits und trotz aller Wortspiele, wie man das Opfer hätte retten können, teilten beide unserer Abteilungen einen tiefen Glauben an Gebäude – ja, Gebäude, denn jedes soziale Problem konnte man lösen und jedes Leben auf den rechten Weg zurückbringen, indem man die Betroffenen nur richtig unterbrachte: Verbrechen ließen sich durch Gefängnisse ausrotten, Krankheiten durch Krankenhäuser, Alte brachte man in Altenheime, Kinder wurden in Kitas und Schulen zugerichtet, Arme in Sozialwohnungen gesteckt und so weiter. Solche kleinen Unglücke waren also immer darauf zurückzuführen, dass der Betreffende im falschen Gebäude war, beziehungsweise dass im richtigen nicht genügend Platz war. Mich störte all das am wenigsten, denn schließlich waren es die Chefs, die dafür zuständig waren, Personen von Kliniken in Gefängnisse verlegen zu lassen, von Kitas in Schulen und von Schulen in Büros zu versetzen, aus Fabriken in Altenheime, von Büros in Gefängnisse, aus Gefängnissen in Sozialwohnungen zu bringen und so weiter, bis einer von ihnen sich umbrachte oder eines natürlichen Todes starb. So wurde dann wenigstens immer wieder einmal ein Platz für einen anderen Bedürftigen frei.

Es gab also keinen Grund, erbost zu sein, weil ich zu dem genannten Termin musste, außer dass ich Überraschungen nicht mag. Zumindest auf der Arbeit war es mir lieber, wenn ich im Groben wusste, was mir bevorstand. Die E-Mail kam vom Account der Gesamtabteilung, und nicht, wie sonst üblich, von einem bestimmten Kollegen, und aufgrund meiner langen Erfahrung in der Behörde wusste ich, dass man Grund zu Besorgnis hatte, wenn eine E-Mail ohne persönlichen Absender kam. Entweder wollte der Verfasser sich damit anonymisieren, um irgendein Problem zu vermeiden, oder die Verantwortung der gesamten »Abteilung« aufbürden. Zuweilen wollte jemand mit solchen Mails, aus welchen Gründen auch immer, auch nur Macht demonstrieren, denn Rundschreiben dieser Art waren endgültig und nicht beantwortbar. Ich hatte auch schon versucht, die Nummer anzurufen, die am Ende eines solchen Schreibens stand, und verlangt, den Verfasser zu sprechen oder mich mit der »Abteilung« zu verbinden, aber so etwas ging nie gut aus.

Trotzdem tat ich es auch diesmal wieder, einfach um in Erfahrung zu bringen, wer mich bei diesem Besuch begleiten würde. Die Sekretärin der Abteilung antwortete mir ungewöhnlich barsch und unnötig feindselig: »Und was macht das für einen Unterschied? Jeder kann hier in der Abteilung jeden ersetzen, wie in allen anderen Abteilungen auch, oder?« Sie war aus irgendeinem Grund auf hundertachtzig. Offenbar hatte ich im falschen Moment angerufen.

Ich versuchte die Situation mit Selbstironie zu retten und sagte: »Natürlich, natürlich. Ich leide nur, wie Sie wissen, unter einer Zwangsstörung. Sehen Sie also bitte mir zuliebe noch einmal im Arbeitsplan nach.«

Sie stieß einen langen Seufzer der Verärgerung aus, der nicht ganz im Verhältnis zu dem Aufwand stand, den es ihr abverlangte, meine bescheidene Bitte zu erfüllen, und antwortete dann unwillig: »Also gut. Aus irgendeinem Grund ist da kein bestimmter Name eingetragen, aber wahrscheinlich gehen entweder Pepsi oder Katarzyna mit Ihnen hin. Ist diese Information für Ihre Zwangsstörung ausreichend?«

Ich rächte mich meinerseits mit einem langen Seufzer und antwortete: »Na ja, nicht so ganz, aber vielen Dank auch.«

Sie legte auf, bevor ich zu Ende gesprochen hatte. Es störte mich nicht wirklich, denn ich hatte erfahren, was ich wollte, und die Namen Pepsi und Katarzyna lösten bei mir durchaus Freude aus.

Pepsi war meine Lieblingskollegin in der Abteilung und zugleich die seltsamste. Sie hieß wirklich Pepsi, und ihr Familienname war noch seltsamer: McMillan. Ein schottischer Name ist natürlich an sich nicht ungewöhnlich, ich fand nur, dass er nicht recht zu ihrem karibischen Akzent und ihrer schwarzen Hautfarbe passte. Sie hatte mir bei unserem ersten Zusammentreffen bereits ohne jeden Anlass mitgeteilt, dass ihr Urgroßvater tatsächlich Schotte gewesen sei, ihre Großmutter aber als Sklavin auf seiner Zuckerrohrfarm in Jamaika gearbeitet habe. Ebenso anlasslos und ungezwungen fragte Pepsi mich dann nach meiner Herkunft. Ich fand die Frage unsensibel und reagierte etwas verspannt, auch weil ich sie nicht im Detail beantworten wollte. Ich sagte, was mir als Erstes in den Sinn kam: »Nordafrika.«

Sie starrte mir ins Gesicht, und ihre Augen verrieten ein Gefühl des Beleidigtseins. »Niemals bist du ein Afrikaner!«, beschied sie mit lauter und entschiedener Stimme.

Ihre selbstsichere Art provozierte mich, und ich versuchte meinen Ärger hinter etwas Ironie zu verbergen, indem ich entgegnete: »Weißt du etwa mehr über mich als ich selbst? Ich komme aus Ägypten, und Ägypten liegt in Afrika.«

Sie reagierte mit einem abschätzigen Lächeln und rollte mit den Augen. »Du bist kein Afrikaner«, beharrte sie. »Ich bin Afrikanerin, aber du nicht.«

Ich wurde unabsichtlich laut ob ihrer Sturheit und fragte sie, ob sie denn überhaupt einmal in Afrika gewesen wäre. Sie tat so, als hätte sie die Missbilligung in meiner Stimme nicht bemerkt, und sagte selbstsicher: »Nein, aber ich bin Afrikanerin und du nicht, selbst wenn du dein Leben lang in Afrika gewesen wärst!«

Es war sinnlos, diese fruchtlose Diskussion mit ihr fortzusetzen, aber ich ließ mich von ihrer kindischen Art mitreißen und sagte: »Wer sagt denn das?«

Ihre Antwort war kurz und entschlossen: »Ich.«

Wir schwiegen einen Moment, dann nahm ich den Ball wieder auf, aber es war mein letzter Schuss: »Nun gut, da du ja offenbar alles so gut weißt, welcher Ethnie gehöre ich dann an?«

Wieder antwortete Pepsi in aller Überheblichkeit: »Das weiß ich nicht, aber Afrikaner bist du nicht. Deine Hautfarbe ist nicht schwarz, also bist du kein Afrikaner.«

So endeten alle Diskussionen mit Pepsi, man kam nicht gegen sie an. Es war ihre Art, allen anderen das aufzuzwingen, was sie für richtig hielt. Als mir mit dreißig ein paar weiße Strähnen wuchsen, schlug sie mir vor, ich solle mir die Haare färben, und spottete, dass ich ja schon älter aussähe als sie. Und sie hatte recht, denn Pepsi war sechzig, sah aber aus wie Mitte dreißig. Sie war etwas größer als ich und hatte einen drahtigen, sportlichen Körper, sie trug farbenfrohe Kleider und fuhr einen Sportwagen, und ihre laute Stimme strahlte Lebensfreude und Charme aus. Als sie mir eines Tages eine Tube mit Haarfärbemittel mitbrachte und mich zwang, sie in meine Tasche zu stecken, wusste ich, dass ich in ihrer Welt angekommen war.

Pepsi war besessen davon, alles zu färben. Zum Beispiel fiel jedem auf, der sie sah, dass sie eine dicke Schicht Puder auf ihrer Haut trug, im Gesicht, an den Armen, an den Beinen und wo immer man sonst noch etwas von ihr sah. Anfangs dachte ich, sie kuriere damit vielleicht eine Hautkrankheit, aber eines Tages traf ich sie an einer Bushaltestelle und sah, wie sie in aller Ruhe ein Stück Kreide zerrieb und auf ihrem Gesicht verteilte. Als ich sie fragte, warum sie das tue, bekam ich eine richtig dumme Antwort, aber ich erachtete sie als eine Art Weisheit einer Närrin. Sie sagte: »Ach, mein Freund! Vielleicht hältst du mich für völlig verrückt, und es sei dir nachgesehen, denn du weißt nicht, was es heißt, als Schwarze unter Weißen zu leben. Man hat die Wahl: Entweder man färbt sich die Haut weiß und wird dafür von allen verlacht, sodass man sich immer weißer färbt, bis es einem alle abnehmen. Oder alles ist einem egal und man spottet über beide Hautfarben. Eines davon ist schlimmer als das andere, und deshalb mache ich beides. Ich passe mich an und spotte zugleich über die Welt der anderen.«

Seitdem fühlten wir uns beide verbundener als zuvor, außerdem erinnerte mich vieles an ihr an meine Mutter. Nur dass sie mir jeden Monat Haarfärbemittel brachte, konnte ich mir nicht recht erklären. Wollte sie, dass ich mich jünger machte, als ich war, oder wollte sie, dass ich es wie sie machte: dass ich mir die Haut schwarz färbte, um zu wissen, wie es war, als Afrikaner in dieser Welt zu leben? Aber diese Frage zu stellen, traute ich mich nicht.

Katarzyna war das Gegenstück zu Pepsi. Sie war Ende zwanzig und sah auch so aus, aber sie sprach wie eine Rentnerin und zeigte nur ein Mindestmaß an Lust auf alles und auf ihr Leben. Auch sie litt unter einer Hautfarbenkrise, aber in umgekehrter Weise. Katarzyna war die einzige weiße Angestellte in unserer Abteilung, alle anderen waren auf die eine oder andere Weise farbig. Sie wusste so gut wie wir, dass unsere Arbeit darin bestand, die Trümmer der Gesellschaft beiseitezuräumen, auf dass wir darunter entweder Überlebende finden oder sie dort komplizenhaft begraben. Das war etwas, was Weiße niemals taten, und schon gar nicht solche am untersten Ende der Hierarchie. Katarzyna trat höchstens dann in Aktion, wenn jemand wie sie selbst aus Osteuropa und genauso verzweifelt war wie sie. Deshalb rief sie sich selbst die ganze Zeit ins Bewusstsein, dass sie weiß war, und blond dazu, und das tat sie, indem sie allen anderen gegenüber, Kollegen ebenso wie Klienten, Arroganz zur Schau trug.

All das wäre Grund genug gewesen, dass ich mich von ihr fernhalte, und das tat ich auch, bis zu jenem Tag, an dem sie beschloss, normal mit mir umzugehen. Denn als wir anlässlich eines gemeinsamen Hausbesuchs einmal entdeckten, dass wir beide gleichzeitig den gleichen Roman eines tschechischen Schriftstellers lasen, gab sie ihre zurückhaltende Art mit mir zu sprechen auf. Nicht nur das, sie schlug sogar vor, dass wir zusammen in ihrem Lieblingsrestaurant zu Mittag essen. Das geschah dann auch, wir verbrachten ganze zwei Stunden miteinander, und währenddessen schimpfte sie über alles, über ihr Herkunftsland, über London, die Arbeit, ihre enge Wohnung, ausnahmslos über alles. Ich nickte gelangweilt dazu und tat so, als verstünde ich sie gut, bis sie mir plötzlich offenbarte, was sie von der Arbeit hielt, die wir beide verrichteten. Sie wirkte ehrlich, während sie in scheinbar poetischer Weise davon sprach, und ich bemerkte erst jetzt ein leichtes Glühen des Zorns in ihren Augen, die blau und kalt waren wie ein stiller See.

»Alles, was wir hier tun, ist eine Verschwendung von Ressourcen. Wir quälen diese armen Gestalten nur, anstatt sie lautlos sterben zu lassen.«

Ich traute meinen Ohren nicht und fragte noch einmal nach, in der Hoffnung, mich verhört zu haben: »Wie bitte? Was meinst du damit?«

Wieder blitzte in ihren Augen diese Glut auf, und in ihrer Stimme lag ein Eifer, zu dem ich sie nicht fähig geglaubt hatte. »Du verstehst genau, was ich meine! Wir sollten der Gesellschaft all diese Kosten nicht auferlegen. Die Natur sollte Raum haben, das Leben zurechtzustutzen. Nur wer eigenständig und ohne Hilfe, ohne Sozialwohnung und all das durchkommt, verdient es, zu leben!«

Ich wollte ihr, aber auch mir selbst, einen Ausweg bieten und erbot ihr mit einer Frage, einen Rückzieher zu machen: »Und warum machst du diesen Job dann?«

Ihre Stimme klang mitleiderregend, als sie sich mit der folgenden Antwort jede Möglichkeit verbaute, von ihrer Aussage abzurücken: »Weil ich Pech hatte. Es blieb mir nichts anderes übrig. Ich brauche genau wie du einen Job, um meine Rechnungen zu bezahlen.«

Im ersten Moment überkamen mich ein leichter Angstschauder und Übelkeit. Ich saß einer Frau gegenüber, die mit schutzlosen Kranken zu tun hatte, die man ihr anvertraut hatte, und ebendiese Person fand, man solle jene Menschen doch besser sterben lassen. Aber dann geschah etwas völlig Unerwartetes. Noch während ich sie anstarrte und zu verarbeiten versuchte, was ich gehört hatte, beugte sie sich zu mir herüber und flüsterte mir leise, aber sehr beherrscht ins Ohr: »Du hast Angst vor mir, stimmt's?«

Ich nickte, während mir ein genüssliches Zittern über den Rücken fuhr. Mein Herz schlug so laut, dass ich glaubte, Katarzyna und das ganze Restaurant müssten es hören. Ich musste meine Tasche auf meinen Schoß stellen, um eine Erektion zu verbergen, die schmerzte und sichtbar wurde. Sie bemerkte, was ich tat, und zeigte ihre Zufriedenheit, indem sie sich wieder in ihren Stuhl lehnte. Entspannt und kokett selbstsicher sagte sie: »Gut, dass du Angst hast.«

Es blieb unser kleines Geheimnis, wir sprachen nie wieder darüber und taten so, als wäre nie etwas gewesen. Manchmal dachte ich, ob es nicht meine Pflicht wäre, die Abteilungsleitung über ihre Äußerung zu informieren, aber das hätte zu nichts geführt, denn sicherlich hätte Katarzyna abgestritten, so etwas gesagt zu haben, und so hätte meine Aussage gegen ihre gestanden, denn Zeugen gab es ja nicht. Und im Grunde war sie eine fleißige Kollegin; vermutlich hatte sie mit ihrer Auslassung nur ihrem Ärger über andere Dinge in ihrem Leben Luft machen wollen. Nie hätte sie einem Kranken schaden wollen, und selbst wenn sie gewollt hätte, wäre ihr das nicht möglich gewesen, denn die Bürokratie mit all ihren Vorschriften und Beschränkungen, und das ist vielleicht ihr einziger Vorzug, gibt solchen persönlichen Neigungen, die mit der Grundordnung nicht vereinbar sind, keinen Raum. Dabei unterdrückt sie natürlich auch gute Ideen. Aber was mich vor allem davon abhielt, Meldung zu machen, war meine Befürchtung, dass ich dann vielleicht den wohligen Schauer nicht mehr spüren würde, wenn ich Katarzyna sah oder an sie dachte und der mir jedes Mal Schuldgefühle bereitete. Ich wusste auch gar nicht, ob das ein Lustgefühl war oder eines von Abneigung, oder ob es mich gerade wegen meiner Skrupel überkam.

Meine einzige Erklärung dafür war, dass das Böse für mich etwas Verführerisches und Reizvolles hatte, sodass ich es in meiner Fantasie begehrte, als sei ich so erschöpft vom Kampf mit der Welt, dass ich in manchen Momenten einen Trost darin fand, vor dem Bösen zu kapitulieren. Wer weiß, vielleicht war es genau das, was mich reizte: eine Kapitulation, die Lösung von allen Fesseln und sich dem Bösen widerstandslos hinzugeben. Mehr als Fantasie gab unser Verhältnis ohnehin nicht her, denn schon bald war Katarzyna mir gegenüber wieder so zurückhaltend wie zuvor und geizte nicht mit Arroganz und herablassenden Blicken. Wir beide wussten, dass mich das nur umso mehr reizte, aber eine unausgesprochene Vereinbarung zwischen uns bewirkte, dass wir eine bestimmte Grenze nie überschritten und jedes Verlangen nach mehr, so brennend es auch sein mochte, unerfüllt bleiben musste.

Die Aussicht, Katarzyna wieder einmal zu begegnen, reizte mich. Schon war ich kurz davor, einen Schritt in Richtung einer meiner Tagträume zu gehen, wie ich sie an den meisten Arbeitstagen hatte, hätte ich nicht plötzlich gemerkt, dass ich nur noch eine Viertelstunde hatte, bis ich das Büro verlassen musste, um rechtzeitig um elf Uhr vor Ort zu sein. Bei dem Besuch selbst würde ich wie gesagt keine Rolle zu spielen haben, aber zumindest musste ich mich ein wenig in die Akte einlesen (wenn wir in der Abteilung das Wort »Akte« sagten, meinten wir die Kranken, und oft benannten wir diese nur nach ihrem Zustand, denn das war neutraler). Mit der E-Mail war eine ganze Reihe von Anhängen gekommen, die wir in der Abteilung »Verwaltungsliteratur« nannten. Was auch immer das mit Literatur zu tun hatte.

»Dirin kam heute in farbenfroher Kleidung und bestgelaunt in die Praxis. Sie feiere das Newroz-Fest, gab sie mir zu verstehen. Sie lächelte die gesamte Sitzung über, und als ich ihr das Rezept gab und sie nach Nebenwirkungen des Antidepressivums fragte, meinte sie, sie würde bald schon keine Therapie mehr brauchen. Ich riet ihr, das Medikament nicht vor Beratung mit mir abzusetzen.«

»Gestern Abend traf ich zum ersten Mal Patientin A.

Sie war gänzlich außer sich. Sie schrie und weinte eine halbe Stunde lang, ehe sie sich etwas beruhigte und mir ihr Leid schilderte. Sie könne nicht länger warten, meinte sie. Ihr ganzes Leben sei etwas Vorläufiges, es sei wie ein sehr langes Warten auf irgendetwas, und jedes Warten ziehe erneutes Warten nach sich. Als sie nach London gekommen sei, habe sie jahrelang auf ihren Asylbescheid gewartet, dann auf die Gerichtsentscheidung über ihren Einspruch gegen die Asylablehnung und schließlich auf die Entscheidung des Obersten Gerichtshofes über ihren Antrag auf Revision. Anschließend sagte man ihr, sie müsse nun auf ihre Papiere und danach auf ihren Aufenthaltstitel warten. Später sollte sie auf eine Übergangswohnung warten, dann darauf, auf die Liste derer zu kommen, die auf eine Dauerwohnung warten. Damit sie niemand mehr schlüge, musste sie warten, bis entweder ihr Mann oder sie sterben würde. Letzterer starb, aber nachdem sie vierzig Jahre lang darauf gewartet hatte, dass es aufhört, habe sie wieder Prügel bezogen, diesmal von ihrem Sohn und ihrer Schwiegertochter. Während sie früher die Tage im Gefängnis gezählt hätte, habe sie nun auf die Entlassung aus dem Krankenhaus gewartet. Immer sei jemand da gewesen, der ihr sagte, sie solle warten, und immer habe ihr jemand ein gelbes Formular nach dem anderen ausgefüllt und sie gebeten, abzuwarten.

Frau A. ist fünfundsechzig Jahre alt und türkische Staatsbürgerin. Sie spricht Kurdisch und ein paar wenige Worte Englisch. Sie kam vor zehn Jahren ins Vereinigte Königreich und erhielt vor drei Jahren Asyl. In ihrem

Heimatland sei es ihr schlecht ergangen. Im Dezember 2015 überwies sie ihr Hausarzt wegen ihrer fehlenden sozialen Kontakte und der Gewalttätigkeit ihres Sohnes gegen sie in eine Abteilung für soziale Betreuung. Frau A. verweigerte die Teilnahme an den Betreuungsangeboten. Eine Verständigung mit ihr war trotz der Anwesenheit von Dolmetschern sehr schwierig. Im März 2016 wurde Frau A. wegen des Vorwurfs, die Wohnung ihres Sohnes in Brand gesetzt zu haben, festgenommen. Ende desselben Jahres wurde sie zu neun Monaten Haft verurteilt. Zwei Wochen nach Antritt der Haftstrafe beantragte die Gefängnisleitung, sie untersuchen zu lassen und sie wegen der Verschlechterung ihres psychischen Zustandes in eine Einrichtung für geistig Erkrankte einzuweisen. Frau A. leidet unter akustischen und optischen Halluzinationen, aufgrund derer sie sich und andere verletzt. Bei Einnahme der verordneten Medikamente kann sie diese jedoch unter Kontrolle halten. Frau A. wurde nach Besserung ihres Zustandes entlassen und hat vorübergehend eine Sozialwohnung bezogen, bis ihr eine feste Wohnung zugewiesen werden kann. Zu ihrem Sohn kann sie nicht zurück, eine privat vermietete Wohnung kann sie sich nicht leisten.

Frau A. kann körperlich gut für sich selbst sorgen. Sie raucht viel, was einen erneuten Brand auslösen könnte. Sie hat keine Freunde und keinen Kontakt zu Verwandten in London. Wir bitten um Einleitung von Maßnahmen, um sie schnellstmöglich dauerhaft in einer Wohnung unterzubringen, da der Wartezustand nicht geeignet ist, ihren psychischen Zustand zu verbessern.

Die Patientin leidet unter einer Persönlichkeitsstörung, die offenbar in letzter Zeit noch zugenommen hat. Sie behauptet, ihr Sohn und dessen Frau schlügen sie, wofür es keine Belege gibt. Der Sohn berichtete uns, sie habe damit gedroht, seine Wohnung in Brand zu setzen. Die Patientin stellt eine mittlere Gefahr für sich selbst, ihre Umgebung und die Allgemeinheit dar. Gemessen daran, dass sie keine ihrer bisherigen Drohungen wahr gemacht hat, sind keine besonderen Maßnahmen anzuordnen; allerdings sollte die Familie auf Veränderungen ihres Befindens achten.

Frau A. verweigerte eine Zusammenarbeit mit der Dolmetscherin und gab an, kein Türkisch zu können. Allerdings erging sie sich in meiner Anwesenheit in einem langen Streit mit der Dolmetscherin. Es stellte sich heraus, dass sie dieses Gespräch in einwandfreiem Türkisch geführt hatte. Nach unseren Erkenntnissen spricht Frau A. Türkisch und etwas Arabisch, behauptet aber, Kurdisch zu sprechen, was sie offensichtlich in keiner Weise beherrscht.«

»Die Patientin Dirin berichtet von Albträumen, die sie jede Nacht habe. Sie sehe dabei große Vögel am Himmel, die Feuerkugeln auf sie schleudern. Sie flieht davor, indem sie von einem Berg zum nächsten springt, und immer, wenn sie glaubt, den Vögeln entkommen zu sein, kommen andere aus einer anderen Richtung. Ihre Träume scheinen mit schmerzlichen Erfahrungen zusammenzuhängen, die sie in der Türkei und anschließend nach ihrer Heirat im Irak gemacht hat.«

»Nach Inaugenscheinnahme ist festzustellen, dass die

Notunterkunft für die genannte Patientin ungeeignet ist. Ihr Kellerzimmer ist schlecht belüftet, an den Wänden tritt Feuchtigkeit auf. Die Unterkunft entspricht nicht den Richtlinien von Hygiene und Wohlbefinden, die Patientin ist schnellstmöglich anderweitig unterzubringen. Bereits vor drei Monaten haben wir dies in unserem damaligen Bericht empfohlen, aber keine Antwort Ihrer Abteilung erhalten.«

Ich hatte keine Zeit, mir alles durchzulesen. Die Akte der Patientin war voll mit Korrespondenzen und Berichten, mit Rezepten, Gerichtsentscheidungen, Krankenhauseinweisungen, Anwaltsplädoyers und Polizeiprotokollen, die für eine mittlere Romantrilogie ausgereicht hätten. Aber aufgrund meiner langjährigen Erfahrung in der Verwaltung konnte ich allein nach Gefühl abschätzen, welche Berichte wichtig und welche reine Routine waren, indem ich jeweils die erste und die letzte Zeile las. Außerdem hatte ich einen Blick für die wichtigen Abschnitte eines Berichts, ohne dass ich dazu alles lesen musste. Die Anzahl der maßgeblichen Absätze und wo sie standen, waren abhängig von der Art des Dokuments und von ihrem Verfasser, aber das zu erklären würde zu lange dauern.

Meistens erriet ich den Verfasser eines Berichts, ohne nach seinem Namen oder seiner Funktion zu suchen, so wie man als Leser den eigenen Lieblingsautor erkennt, wenn man einen Absatz aus einem Roman von ihm liest. Jede Abteilung hatte ihre eigenen Traditionen und ihren eigenen Stil beim Abfassen von Dokumenten, und beides vererbte sich von einer Generation von Angestellten zur nächsten, ohne dass man es anordnen oder planen musste. Außerdem hatte jeder Berufsstand seine jeweils eigene Diktion, Emotionen und Befindlichkeiten waren unterschiedlich ausgeprägt, und vor allem gab es jeweils eigene Chiffren, die nur die Vertreter der jeweiligen Zunft verstanden. Aufgrund meiner Geübtheit konnte ich schon anhand der ersten beiden Zeilen einen Psychologen von einem Psychotherapeuten unterscheiden. Der Erstere schrieb förmlicher, war auf eine Diagnose bedacht und betonte die Ergebnisse von Untersuchungen, während der Therapeut die Patienten beim Vornamen nannte und auf ihre tragische Vorgeschichte verwies. Zudem konnte ich nach drei Sätzen erkennen, ob ein Bericht von einem Sozialarbeiter oder einem Wohnungsvermittler geschrieben war. Beiden lag an der Resozialisierung ihrer Klienten, aber Ersterer schrieb vor allem von gesetzlichen Vorschriften, während der Letztere glaubte, jeder Mensch sei fähig zur Rückkehr in die Gesellschaft, wenn er nur in einer gut belüfteten Wohnung untergebracht sei, in die morgens die Sonne scheint. Berichte von Psychologen und Polizeibeamten dagegen wirkten fast ununterscheidbar, und ich musste einen oder zwei ganze Absätze lesen, um sie auseinanderzuhalten, denn beide gereichten dem Patienten meist zum Nachteil, mit dem Unterschied, dass der Bericht des Ersten genügte, einen Betroffenen gegen seinen Willen in einer Einrichtung unterzubringen, in einem Polizeibericht dagegen ein Gerichtsbeschluss erbeten wurde. Außerdem gab es natürlich Unterschiede im persönlichen Schreibstil, die nicht zwingenderweise mit dem

Berufsstand zu tun hatten. Wenn beispielsweise ein Bericht mit »Dirin kam (…) in farbenfroher Kleidung (…)« begann, dann war das Dokument zweifelsfrei von Doktor Kumar verfasst, dem Allgemeinarzt, denn wer außer ihm würde ein Schreiben so klassisch-poetisch beginnen?

Nichts in der Akte der Patientin erregte meine Aufmerksamkeit. Es war die übliche Mischung: Traumata aus der Vergangenheit, Probleme in der sprachlichen Verständigung, häusliche Gewalt, zu langsame Bürokratie, mangelnde Abstimmung über Abteilungen hinweg, mit dem Ergebnis, dass die betreffende Person ins Krankenhaus oder ins Gefängnis kam, in diesem Fall beides. Man erfährt in solchen Akten nicht viel über die Betroffenen, weil alles widersprüchlich klingt, wie immer, wenn zehn Personen aus zehn verschiedenen Perspektiven schreiben. Im vorliegenden Fall zum Beispiel ließ sich nicht feststellen, ob die Frau wirklich Opfer häuslicher Gewalt geworden war oder ob ihre Anschuldigungen gegen ihren Sohn lediglich ihrer Fantasie entsprangen. Außerdem wusste man nicht einmal, welche Sprache sie nun wirklich sprach. Genau dies macht Verwaltungsarchive zu einer idealen historischen Quelle, eben weil sie, wie alles Historische, widersprüchlich sind. Bei dieser Akte aber überkam mich beim Lesen ein seltsames Gefühl. Offensichtlich legte Frau A. es darauf an, möglichst viel Chaos um sich herum zu erzeugen, um all die Angestellten, Spezialisten, Ärzte und Verwalter dazu zu zwingen, etwas über sie zu schreiben, auch wenn dies in einer Sprache geschah, die sie gar nicht beherrschte. Es schien, als hätte sie begriffen, dass ein so verpfuschtes Leben wie ihres irreparabel war und dass sie all ihrem Elend nur dadurch einen Sinn geben konnte, indem sie andere da mit hineinzog oder indem diese es zumindest niederschrieben, sodass sie etwas hinterließ. Wenn ihr Leben enden würde, wäre da wenigstens all das Traurige und Albtraumhafte, das im System hinterlegt wäre: angefangen von ihrem farbenfrohen Kleid an Newroz bis hin zur Analyse der Symbolik der Vögel in ihren Träumen. Vielleicht würde sich ja irgendwann einmal jemand über all diese Ausführungen beugen, sich an Frau A. erinnern und ein wenig mit ihr mitfühlen.

Während mir diese Gedanken im Kopf verdampften, packte ich meine Tasche und verließ das Büro. Als ich auf die Straße trat, traf mich ein Schwall heißer Luft, und ich verspürte ein wenig Freude und Selbstzufriedenheit über die Aufgabe, die ich gleich zu erfüllen hätte, denn ich würde dazu beitragen, dieser armen Frau etwas Hoffnung auf Unsterblichkeit machen zu können, beziehungsweise auf das, was wir in der Abteilung »administrative Unendlichkeit« nannten.

3

Wie an einer Schnur aufgereihte Häuser mit dreieckigen Ziegeldächern, die alle gleich groß und gleichfarbig waren und aus derselben Zeit stammten, deren immer wiederkehrender Gestalt und deren immer gleichen exakten Maßen man ausgeliefert war, zogen sich rechts und links an der Straße entlang. Ob man die Straße überquert, im Doppeldeckerbus von oben hinausschaut oder halb wach und halb in Tagträumen versunken durch Parks wandelt, man sieht immer nur eine Modellstadt. Der gleiche Typ von Häusern wiederholt sich endlos, eine Straße ist wie die andere, ein Viertel wie das andere. London, wie alle britischen Städte, sieht noch immer aus wie eine Arbeiterstadt, obwohl es keine Fabriken und keine Arbeiter mehr darin gibt, aber der Geist von Manufakturen und die Seelen ihrer Opfer sind noch spürbar.

Die Idee hinter jenen viktorianischen Häusern war die, dass ordentlich aussehende Straßen bei ihren Bewohnern Unterwürfigkeit und Ruhe begünstigen sollten, auch wenn Missmut damit verbunden war. Und vielleicht war auch das gewollt, denn viktorianische Häuser galten damals als ein Wundermittel, um die Bürokratie einzuführen. Auge und Geist sollten sich an Routine gewöhnen, Wiederholung sollte in Bezug auf Zeit, Anblick, Distanzen und den Arbeitstag zu so etwas wie einer natürlichen Ordnung werden. Nichts ist gütiger als Wiederholung und Rhythmus. Wo es keine Überraschungen und nichts zu betrachten gibt, gibt es auch keine Hoffnung, und nichts lohnt die Mühe des Wartens, des Suchens oder eines Fluchtversuchs. Und so schlecht auch der Ruf ist, den die Monotonie hat, so ist sie doch zweifellos gerecht, weil sie alle in gewisser Weise gleichstellt. Ein Haus sieht aus wie das andere, ebenso jede Straße, und jeder Mensch ist durch einen anderen oder auch durch eine Maschine ersetzbar. Jede Ecke in der Stadt könnte ein Haus oder eine Arbeitsstätte oder umgekehrt sein, und jedes Haus könnte abgerissen und an seiner Stelle ein neues gebaut werden, ohne dass es jemandem auffallen würde. Selbst jede Kindheitserinnerung könnte mit Leichtigkeit ausgetauscht oder vergessen oder anderswohin oder in eine andere Zeit versetzt werden, so wie man von einem Haus in ein anderes oder in ein anderes Land zieht, ohne dass dies jemand bedauern würde. Das alles gilt nicht nur für London. In Bezug auf Normierung und Nachbildung sind sich alle Städte mehr oder weniger ähnlich.

Anders als manche glauben, hat das weniger mit Moderne und Zivilisation zu tun, sondern überraschenderweise mit Schicksal und Bestimmung. Das Design der Städte entspricht im Kern der monotheistischen Religion und dem einzig gültigen Modell. Ich habe einmal einen amerikanischen Dokumentarfilm über die altägyptische Religion gesehen, der meine Überzeugungen zum fatalistischen Charakter von Städten bekräftigte. Als der Gott Chnum den Menschen erschuf, hieß es da, lieferte er ihnen die Städte zum Wohnen gleich mit, und sie waren sämtlich ein Abbild Thebens. Chnum hatte einen Widderkopf, und sein Charakter war der eines braven Schafs, das in der Herde aufgeht.

Wie auch immer, ich musste die Adresse des Hausbesuchs bei Google Maps eingeben, denn auch nach zehn Jahren Arbeit und Leben im selben Viertel hatte ich noch Schwierigkeiten, meinen Weg zu finden. Und auch da, wo ich regelmäßig vorbeikomme, empfinde ich die Straßen wie ein Spiegellabyrinth, und das wird mit der Zeit nicht etwa besser, sondern Jahr für Jahr schlimmer. Immer wieder versuche ich mir bestimmte Wegmarken einzuprägen und jeder kleinsten Unregelmäßigkeit in jenen immer gleichen Netzen aus Linien und geklonten Häusern eine Bedeutung zuzuweisen. Meist klappt das zu Beginn, aber nach zwei oder drei Tagen kommt mir alles wieder gleich vor, wohl deshalb, weil es mir nicht gelingt, eine Beziehung zu jenen Merkpunkten zu entwickeln. Aus irgendeinem Grund funktioniert mein Gehirn nicht per Wiederholung oder durch die Erfindung von Bezügen zwischen den Dingen, sondern meist nur, indem ich eine emotionale Verbindung zu ihnen aufbaue. Aber diese Fähigkeit ging mir zusehends verloren, denn die Routine machte mir aus Freude Erleichterung, aus Wut Langeweile, Zufriedenheit war kaum von Fatalismus zu unterscheiden, aus Trauer wurde oft Verzweiflung und aus Sehnsucht Reue. Entsprechend geriet ich mit Namen von Straßen und Orten durcheinander, so wie ich meine Gefühle nicht mehr benennen beziehungsweise auseinanderhalten konnte.

Frau A. wohnte in einer Obdachlosenunterkunft, für die meine Abteilung zuständig war, und ich musste im Rahmen meiner Arbeit zwei- bis dreimal pro Woche dorthin. Ich wusste auch aus Erfahrung, dass man zu Fuß etwa zehn Minuten benötigte, und ich brauchte gar nicht erst zu versuchen, mir den Weg ins Gedächtnis zu rufen, denn kaum war ich aus dem Büro getreten, hatte ich wie üblich Schwierigkeiten, mich auch nur für links oder rechts zu entscheiden. Die Internetverbindung war langsam, und die App wollte wieder einmal eine Minute oder länger nicht starten. Erst das Klingeln meines Handys riss mich aus dieser kleinen Unannehmlichkeit.

»Bleib, wo du bist, ich bin schon unterwegs. In fünf Minuten bin ich vor eurer Verwaltung, wir gehen dann zusammen zur Unterkunft.«

Es war weder Pepsi noch Katarzyna. Die Stimme am anderen Ende der Leitung wirkte lebendig, und Kayode streute alle paar Wörter ein zwar unnötiges, aber auch ungezwungenes Lachen ein. Ich war erstaunt. Seit Kayode vor vier Jahren Chefpfleger in der psychologischen Abteilung geworden war, waren wir nie demselben Hausbesuch zugeteilt gewesen. Meines Wissens nahm er an solchen

Außenterminen nur teil, wenn es um wirkliche Notfälle ging. Die Akte von Frau A. erweckte aber nicht den Eindruck, dass ein besonderes Vorgehen erforderlich war. Wie auch immer, dass Kayode sein Kommen ankündigte, war interessant und eine Überraschung, die nicht schaden konnte und die mich neugierig machte.

Ich traf Kayode regelmäßig auf den vierteljährlichen Versammlungen der Spezialisten aus den verschiedenen Abteilungen, und wir beide schwiegen während dieser Treffen am liebsten. Meist saßen wir nebeneinander mit Abstand zu denjenigen Kollegen, die besonders eifrig mitredeten und sich selbst viel zu ernst nahmen, denn es fiel umso mehr auf, wenn die neben ihnen Sitzenden kaum Interesse zeigten. Kayode begnügte sich mit einem breiten Lächeln, das seine weiß blitzenden Zähne zeigte und das mich gänzlich für ihn einnahm. Wenn er sich gezwungen sah, doch etwas zu sagen, etwa wenn ihn jemand kritisierte oder seine Abteilung der Untätigkeit bezichtigte, zeigte er eine einzigartige Reaktion. Anstatt sich zu verteidigen, was er gar nicht versuchte, führte er jede zur Sprache gekommene Nebensächlichkeit dazu an, ganze soziologische Theorien zu referieren. Manchmal predigte er dabei förmlich mit seinem nigerianischen Akzent, den er trotz seines langen Aufenthalts in London nicht abgelegt hatte, und gab dabei Lebensweisheiten zum Besten, die zwar in ihrer Gesamtheit nicht immer überzeugend klangen, die aber jeweils für sich genommen auf eine gewisse Weise umwerfend klug waren. Ansonsten spielte er auf solchen Versammlungen die meiste Zeit über mit seinem Handy, das er unter dem Tisch verbarg, an dem er saß. Sein Finger wischte über den Monitor, während er Bilder von Luxusvillen mit Swimmingpool ansah. Ich fand das verwirrend. Beabsichtigte er wirklich, sich so ein Haus zu kaufen, oder sah er sich diese Bilder nur sehnsüchtig an? Vielleicht würde ich ihn heute danach fragen können.

Und da tauchte Kayode auch schon auf. Mit einem Schwung, der in Kontrast zu seiner langen Statur und seinem Wabbelbauch stand, sprang er auf mich zu, legte vertraut einen Arm um mich und klopfte mir mit der anderen Hand auf die Schulter, als wären wir soeben aus dem Krieg heimgekehrt. »Sei gegrüßt, mein Lieblingsmensch!«

Alle seine Bekannten begrüßte er auf diese Weise, sodass der Spruch jede Bedeutung verloren hatte.

»Was ist los?«, fragte ich. »Wo sind Katarzyna und Pepsi?«

Er packte mich am Handgelenk, ging los und zog mich hinter sich her. »Komm mit, ich erkläre dir alles unterwegs.«

Er ging weiter voran und begann mit einem Bericht darüber, was vorgefallen war, ohne mich dabei anzusehen.

»Katarzyna und Pepsi haben sich heute Morgen gestritten und sich dann geweigert, weiterzuarbeiten. Als ich versuchte, zwischen ihnen zu schlichten, gingen sie beide auf mich los. Pepsi schrie mich an und sagte mir etwas so Absurdes, wie ich es seit meiner Grundschulzeit nicht mehr gehört habe. Sie meinte, ich würde immer für Katarzyna Partei ergreifen, genau wie meine Vorfahren ihre Großmutter an Weiße verhökert hätten! Wir Afrikaner hätten nämlich keine Ehre und würden unsere eigenen Landsleute verkaufen. Ich konnte nicht an mich halten vor Lachen, aber eine Antwort fiel mir nicht ein. Katarzyna warf mir unterdessen dasselbe vor, nur umgekehrt. Wir anderen würden immer alle gegen sie zusammenhalten. Ich fragte sie, wer mit ›ihr anderen‹ gemeint sei. Das wisse ich ganz genau, meinte sie, und ich solle nicht so unschuldig tun. Daraufhin musste ich etwas loswerden und sagte zu ihr: ›Du bist nicht weiß, meine Süße, du bist schwarz! Jeder, der einen Job wie wir macht, ist schwarz, das solltest du nicht länger verleugnen.‹«

Ich musste lachen, als ich mir vorstellte, wie Katarzyna erblasst sein musste, als sie Kayode so sprechen hörte.

»Du hast ihr ernsthaft gesagt, sie sei schwarz? Das wird sie aber nicht gern gehört haben, Kayode!«

Kayode schüttelte den Kopf, um anzudeuten, ich hätte ihn nicht richtig verstanden. »Was sie wütend machte, war in erster Linie, dass ich ›meine Süße‹ zu ihr gesagt hatte. Sie würde sich offiziell bei der Leitung über mich beschweren, meinte sie, denn das sei Sexismus. Dagegen, dass sie schwarz ist, hatte sie gar keine Argumente.«

Ich verstand, dass Kayode wieder einmal dazu anhob, eine seiner amüsanten Theorien auszubreiten, und zwischen uns entspann sich ein absurder Dialog: »Aber trotzdem, Kayode! Katarzyna ist doch nicht schwarz. Blonder als sie kann niemand sein.«

»Doch, sie ist schwarz, genau wie wir alle!«

»Doch nicht alle! Denk mal an Patrick, der ist weiß und rothaarig.«

»Er ist Ire und somit schwarz!«

»Und Alan? Ein weißer Engländer!«

»Der ist Kommunist, das macht auch ihn zu einem Schwarzen.«

»Und Day? Die ist weder Irin noch Kommunistin.«

»Die ist lesbisch und in einem Heim aufgewachsen, also doppelt schwarz.«

»Und ich?«

»Du bist Muslim, also bist du auch schwarz.«

»Ich bin kein Muslim, Kayode, das weißt du genau! Ich komme aus einer christlichen Familie.«

»Das ist doch egal. Du siehst aus wie ein Muslim, und Muslime sind schwarz.«

»Erkennt man Muslime am Äußeren?«

»Natürlich, zumindest hierzulande. Alle Nichtweißen sind zwingend Muslime.«

»Chinesen sind also auch Muslime?«

»Nein, Chinesen sind schwarz.«

»Man kann also schwarz sein, ohne Muslim zu sein?«

»Ja. Wenn man Chinese ist.«

»Das würde ja heißen, dass es überhaupt keine Weißen gibt.«

»Das ist richtig. Echte Weiße sind zumindest sehr selten. Man kann sein ganzes Leben in dieser Stadt zubringen und dabei nur einem oder zweien von ihnen begegnen. Man erkennt sie auch nur, wenn man eine sehr gute Beobachtungsgabe hat. Aber du darfst auch nicht vergessen, dass nicht alle Schwarzen gleich schwarz sind. Es gibt schwarze Schwarze, Schwarze aus Osteuropa, chinesische Schwarze, Tiefschwarze, Halbschwarze, muslimische Schwarze, schwarze Muslime, Wahlschwarze und Schwarze, die zufällig oder aus Versehen Schwarze wurden. Dann gibt es noch maskierte Schwarze, latent Schwarze, offen Schwarze, Halbzeitschwarze, Vollzeitschwarze und Schwarze, die innen weiß sind wie Kokosnüsse. Und wieder andere, die nur äußerlich weiß sind und so weiter. Die Sache ist ziemlich komplex.«

Kayode scherzte nicht. Er benutzte die Worte weiß und schwarz nicht einmal als soziologische Metaphern, sondern schien alles ganz wörtlich zu meinen. Er verwies sogar darauf, dass Katarzynas Haut angeblich von Jahr zu Jahr dunkler werde. Ein Weißer könne mühelos allmählich zu einem Schwarzen werden, meinte er, aber für einen Schwarzen sei es so gut wie unmöglich, weiß zu werden. Lediglich wir beide, er und ich, und Leute wie wir könnten weiß werden, und zwar dann, wenn wir in unser Herkunftsland zurückgingen. Und nun kam Kayode plötzlich von sich aus auf Swimmingpools zu sprechen und meinte, wer zu Hause ein Schwimmbecken habe, der sei zweifellos weiß. Er selbst habe vor, eines Tages als Weißer in Nigeria zu leben, wenn er sich dort ein Haus gekauft haben würde. Dann wäre er Teil einer Gruppe, die er in seiner Farbenskala noch nicht erwähnt habe: Schwarze mit weißer Rente.

Mittlerweile waren wir bei der Notunterkunft angekommen, und Kayode war so sehr von seinen komplexen Ausführungen eingenommen, dass er mich nicht davon in Kenntnis setzte, dass ich in der Unterredung als Dolmetscher vorgesehen war. Als die Abteilung Frau A. angerufen hatte, um einen Besuchstermin zu vereinbaren, und dafür einen Türkisch-Dolmetscher herangezogen hatte, beharrte die Patientin darauf, sie verstehe kein Türkisch. Als man es mit einem Dolmetscher für Kurdisch versuchte, gab sie zu verstehen, dass sie einzig und allein Arabisch spreche. Niemand hatte ihr das so recht abgenommen, aber es blieb der Abteilung nichts anderes übrig, als es mit Arabisch zu versuchen.

Wir kamen fünf Minuten vor dem Termin bei der Unterkunft an, und es wäre genug Zeit gewesen, sich ins Besucherbuch einzutragen. Aber der Pförtner saß nicht in seiner gläsernen Zelle am Eingang, und er hatte die Tür verschlossen. Doch schon nach wenigen Sekunden forderte der Mann uns über die Sprechanlage auf, hereinzukommen, und drückte den Summer. Wir wussten nicht, von wo er sprach, aber er informierte uns, er sei im Heizungsraum, es gebe ein Problem mit dem Thermostat. Es war unerträglich heiß im Gebäude. Es war Sommer, und der Hauswart meinte, die Heizungsanlage müsste aus sein. Er sei dabei, sie zu reparieren.

Seit wir hereingekommen waren, waren wir von Hitze umhüllt. Im Korridor, von dem aus sich Dutzende Zimmer hintereinander aufreihten, standen viele Bewohner in Unterwäsche vor ihren Türen. Halb nackte Männer lagen auf den Bodenfliesen, um sich etwas abzukühlen, und zwei kleine Kinder heulten lauthals, während ihre Mutter sie anschrie, sie sollten still sein. Ich blickte in eines der offen stehenden Zimmer und beobachtete, wie eine schwangere

Frau auf einem Stuhl stand und versuchte, ihren Kopf durch eines der weit oben liegenden Fenster zu zwängen, um etwas Luft zu schnappen. Kayode sah mein Gesicht und nickte bedauernd mit dem Kopf: »Die Arme, sie wird nichts erreichen. An allen Fenstern sind außen Gitterstäbe angebracht, damit sich niemand umbringt.« Dann hörten wir die Frau in einer unverständlichen Sprache etwas schreien, worauf sie ein langes Jaulen folgen ließ.

Am Ende des Korridors mussten wir eine Treppe hinuntergehen, die ins Untergeschoss führte, wo weitere Zimmer lagen. In einem davon wohnte Frau A. Dort sahen wir auf der obersten Stufe zwei Halbwüchsige, die miteinander flüsterten. Als wir an ihnen vorbeigingen, warfen sie uns feindselig wirkende Blicke zu und folgten uns mit den Augen, bis wir vor der gesuchten Tür standen. Da rief einer der beiden Jugendlichen: »Befreit uns von dieser verrückten Alten! Die ganze Nacht über jammert sie lauthals herum und lässt uns nicht schlafen.«

Kayode ignorierte die beiden und klopfte an die Tür. Dann trat er zwei Schritte zurück, sodass ich vorne stand, als die Frau uns öffnete. Ein miefiger Geruch schlug uns entgegen. Ihr Zimmer war zwar einigermaßen aufgeräumt, aber das einzige Fenster war geschlossen. Sie trug mehrere Lagen Winterkleidung übereinander und ein Kopftuch, und der Schweiß tropfte ihr in solchen Mengen vom Gesicht, dass er hörbar auf dem Boden aufschlug.

Einen Augenblick lang hoffte ich, die Frau würde, anders, als sie angegeben hatte, doch kein Arabisch sprechen und wir könnten wieder umkehren. Das Zimmer war stickig, und aus einer Ecke kam ein von Erschütterungen begleitetes mechanisches Klappern, so als stünde hinter der Wand eine riesige Maschine. Mir war, als würde ich vor Luftmangel jeden Augenblick das Bewusstsein verlieren, aber in die Miene der Frau, die uns missmutig geöffnet hatte, kam überraschend Leben, als ich sie auf Arabisch begrüßte. Sie erwiderte den Gruß in einer Mischung aus gebrochenem Arabisch, einem Dialekt, den ich als irakisch verortete, und ein paar Brocken Englisch. Wir sollten eintreten, sie habe uns schon erwartet.

Es gab nur einen Stuhl im Zimmer. Ich bat sie, sich auf die Bettkante zu setzen, und schob den Stuhl zu Kayode, denn er würde den Papierkram machen. Ich selbst könne stehen und mich an die Wand lehnen, erklärte ich. Aber noch bevor ich den Zweck unseres Besuchs darlegen konnte, war Frau A.s Blick auf Kayode gefallen, den sie verächtlich von oben bis unten musterte. Ärgerlich fragte sie mich: »Und was macht dieser Sklave hier?«

Die Unverschämtheit der Frau gab mir etwas Hoffnung, dass unser Treffen schnell zu Ende sein würde und wir der Hölle, in der wir hier brieten, wieder entfliehen könnten. Ich sagte ihr entschieden, dass wir solche Bezeichnungen nicht duldeten. Sie solle sich sofort entschuldigen, ansonsten sei der Termin beendet. Sie antwortete mit Geschrei und indem sie mit ihren Händen vor Kayodes Gesicht herumfuchtelte. Er bat, ich solle ihm übersetzen, was sie gesagt habe. Ich wollte ihm das Wort Sklave nicht hinterbringen und begnügte mich stattdessen mit einer inhaltlichen Wiedergabe ihrer Worte, sodass es möglichst wenig beleidigend klang. Sie wolle einen weißen Beamten, der Einblick in ihren Fall nimmt, sagte ich, denn nur Weiße könnten etwas bewirken, was ihr langes Warten beende. Zudem betrachte ich den Besuch als beendet, da sie ja offenbar bei dem Test, den Kayode mit ihr durchführen würde, nicht mitmachen wolle. Ich wandte mich in Richtung Tür, aber Kayode fasste mich am Arm.

»Ein wenig Geduld noch, bitte«, sagte er. »Sag ihr, dass ich der Abteilungsleiter bin und es dementsprechend keinen höheren Beamten gibt. Außerdem bin ich hier, um ihr zu helfen.«

Anfangs weigerte ich mich, das zu dolmetschen, aber Kayode insistierte. Zehn Minuten lang hielt er die Frau auf diese Weise zum Narren, während er ein breites Grinsen aufsetzte, was mich am meisten ärgerte. Offenbar würden wir hier noch länger zubringen, als ich befürchtet hatte.

Kayode packte nun seinen Laptop aus und begann der Frau zu erklären, was er sie gleich fragen werde und warum. Der Test würde nicht länger als zwanzig Minuten dauern. Es sei ein leichtes Fragespiel, und ihre Antworten würden dazu dienen, zu erkennen, wie gut ihr Gedächtnis sei, wie gut sie sich konzentrieren könne und inwieweit sie Dinge in Bezug zueinander setzen könne. Auch weitere geistige Fähigkeiten würden abgefragt, und daraus würde man ableiten, ob sie in der Lage sei, allein zu leben. In diesem Fall könne man sie schon bald in eine feste Wohnung überweisen. Es gebe keinen Anlass zur Sorge, beruhigte sie Kayode, denn sie wirke sehr aufgeräumt auf ihn. Der Test sei nichts weiter als eine unerlässliche Routine. Sie müsse lediglich versuchen, die Fragen richtig zu beantworten.

So einfach, wie Kayode es sich gedacht hatte, wurde es jedoch nicht. Die alte Dame verstand mein Arabisch nur mit Mühe, und auch ich verstand ihren Dialekt nur unter Schwierigkeiten. Ihre Muttersprache, in der zu sprechen sie sich weigerte, drang in ihrem Akzent durch. Sie artikulierte die Konsonanten im Arabischen wie im Englischen so undeutlich, dass der Geist einer ganz anderen Sprache mitschwang. Aufgrund meiner langen Erfahrung mit Sprechstörungen bei vielen Klienten, die ich im Rahmen meiner Arbeit kennengelernt hatte, hatte ich allerdings auch Methoden entwickelt, mich durch die Sprachschichten hindurchzuwühlen, die bei den Klienten anklangen, und stieß dabei auf immer neue linguale Fossilien. Meistens konnte ich irgendwann die wahre Sprache der Betreffenden von den Überlagerungen lösen, die auf ihrer Muttersprache lasteten und die ihre Zunge und ihr Herz beschwerten. Solche Sprachstörungen sind wie eine Gegenwart, die von Substraten einer Vergangenheit verschüttet ist. Je mehr so jemand vergisst, desto klarer und selbstbewusster wird seine Aussprache. Eine neue Sprache zu erlernen scheint, anders als die meisten Leute denken, eher mit dem Vergessen und dem Streichen von Erinnerungen zu tun zu haben als mit dem Einprägen von Vokabeln. Frau A.s Vergangenheit war demnach offenbar wesentlich belastender als ihre Gegenwart, das bewies ihr Ausspracheproblem deutlich.

Immer wieder überkam sie ein kurzer Lachanfall, wenn sie eine der Fragen von Kayode hörte. Diese waren tatsächlich so schlicht, dass man fast nur spöttisch oder irritiert darauf antworten konnte. Mehrmals drehte sie schüchtern ihr Gesicht weg oder verbarg es in ihren Handflächen, während bei jeder Frage ein kindliches Blitzen durch ihre Augen ging. Kayode beobachtete all das mit einem ermutigenden Lächeln, während er ihre fahrigen Antworten, die ich mühsam übersetzte, notierte. Die erste Frage war die nach der Uhrzeit. Sie antwortete, dass sie aus den Bergen sei und dass Bergbewohner keine Uhren trügen. Sie könne uns aber mitteilen, dass es kurz vor Mittag sei. Als Kayode auf einer konkreten Uhrzeit beharrte, gab sie gleichmütig an, es sei entweder drei oder fünf Uhr. Auf die Frage nach dem Datum gab sie an, dass sie die Tage nicht mehr zähle, seit sie aus dem Gefängnis entlassen worden sei, denn alle Tage seien gleich, und das sei auch besser so. Der Wochentag jedoch müsse ein Freitag sein, denn jeden Freitag komme ihre Nachbarin vorbei, um sie mit zur Moschee zu nehmen, was sie aber ablehne. Die Nachbarin gebe jedoch nicht auf und habe auch heute früh wieder angeklopft und sie gefragt, ob sie später zur Moschee mitkomme. Daher müsse Freitag sein. Kayode war nicht zufrieden. Die Antwort sei zwar richtig, aber auf die falsche Frage. Er wolle das Datum von ihr wissen, nicht den Wochentag.

Ich machte mir nicht die Mühe, zu exakt zu dolmetschen. Aus der Frage »Wer ist Premierminister?« machte ich: »Welche Frau führt die Regierung an?«, weil ich glaubte, dass sie es so besser verstehe. Erst starrte sie uns lange an, dann rief sie siegesgewiss: »Die Königin!« Als sie unsere Enttäuschung bemerkte, stotterte sie, als müsste sie einen Verdacht abwenden: »Ich verstehe nichts von Politik, ich will nur eine Wohnung.« Kayode arbeitete unbeirrt seinen Fragenkatalog ab, obgleich auch ihm der Schweiß in Rinnsalen von der Stirn floss und Frau A. ihm mehrfach die Bitte abschlug, das Fenster zu öffnen. Ungeachtet dessen lächelte er zufrieden weiter, und nichts in seinen Gesichtszügen verriet Ärger.

Dann musste Frau A. Tiere benennen, die auf Karten abgebildet waren, die Kayode wie ein Zauberer vor Kindern aus seiner Tasche zog. Dieses Spiel gefiel beiden. Die Frau machte ein überraschtes Gesicht, als sie ein Nashorn und dann ein Känguru betrachtete. Sie zuckte bedauernd die Schultern und teilte mir mit, sie habe diese Tiere zwar schon irgendwann einmal im Fernsehen gesehen, könne sie aber weder auf Arabisch noch auf Englisch noch in einer anderen Sprache benennen. Während Kayode auf irgendeiner Antwort beharrte, legte sie einen Finger auf das Nashornbild und sagte lachend: »Löwe!« Sie drehte die Karten in den Händen, dann besah sie sich das Känguru kurz, wandte sich meinem Freund zu und gab ihm die Antwort auf Englisch in aller Bestimmtheit: »Donkey!«

Das Bild mit dem Känguru war die letzte Frage gewesen. Kayode erbat sich ein paar Minuten, um die Angaben in seinen Laptop eingeben zu können, dann würden wir wieder gehen. Aber das Internet sträubte sich, sodass es etwas länger dauerte, während mir nichts anderes übrig blieb, als so zu tun, als fände ich es sehr interessant, was Frau A. mir aus ihrem Leben erzählte. Sie sei im Süden der Türkei geboren, berichtete sie mir nun, und sei mit sechzehn Jahren mit ihrem Ehemann, einem Halbaraber, in den Irak gegangen. Auf beiden Seiten der Grenze habe sie Massaker erlebt; von einem davon, ich weiß nicht mehr von welchem, denn es war einfach zu heiß, um sich zu konzentrieren, nannte sie ein paar Einzelheiten. Ich fragte sie noch einmal nach ihrer Muttersprache. Anfangs verweigerte sie die Antwort, aber als ich weiter nachbohrte, meinte sie, ihre Mutter habe sie auf Kurmandschi aufgezogen. Als sie aber auf die andere Seite der Grenze umzog, musste sie die dortige Landessprache lernen und sprechen. Dass sie die Sprache, die sie mit der Muttermilch aufgesogen hatte, habe ablegen müssen, sei ihr sehr schwergefallen. Die Seele, meinte sie, verstehe nur eine Sprache, und das sei die, die wir von klein auf lernen. Alles andere begriffen wir nur mit dem Verstand, es gehe ins Ohr, aber nicht ins Herz. Ich fragte: »Warum weigern Sie sich dann, Kurdisch zu sprechen?«

»Das ist etwas anderes«, sagte sie. »Denken Sie nicht, dass ich mich von meiner Herkunft oder meiner Vergangenheit lossagen will. Es gibt zwar nichts Erfreuliches in unserer Geschichte, aber sie gehört uns und wir gehören ihr. In diesem Land kann man nicht ehrlich sein, wenn man überleben will. Will man dem Tod entgehen, muss man lügen. Zumindest darf man Fremden gegenüber nicht das Herz öffnen. Wie Sie sicher wissen: Wenn einen in der Fremde jemand in der Sprache anspricht, die man so vermisst hat und die so schön klingt, dann schüttet man ihm gleich die Seele aus. Lügen geht dagegen am besten in einer Fremdsprache. Deswegen spreche ich Arabisch mit Ihnen. Zudem lügt die Seele ohnehin, wenn man in einer Fremdsprache spricht.«

Fast hätte ich sie gefragt, wie es kam, dass sie plötzlich so beredt und klug daherredete, aber Kayode unterbrach uns. Er kam noch immer nicht ins Internet, erhob sich von seinem Stuhl und verkündete das Ende des Besuchs. Die Frau sprang ihrerseits vom Bettrand auf, eilte zur Tür, hielt ihn am Arm fest und blickte ihn flehend an.

»Sagen Sie mir bitte, was jetzt passiert! Ich kann nicht länger warten!«

Kayode versuchte, ihr seinen Arm zu entwinden, aber ihre Hände waren viel kräftiger, als ihre schmächtige Gestalt und ihr eingefallenes Gesicht vermuten ließen.

»Ich lasse Sie nicht gehen, bevor Sie mir nicht sagen, ob ich hier herauskomme oder nicht!«

Ich übersetzte Kayode, was sie gesagt hatte, aber sie schob mich mit dem Arm weg und zog Kayode immer näher zu sich heran. Sie starrte ihm in die Augen und beschloss, selbst zu sprechen.

»Home or no home?«, radebrechte sie.

Kayode sah nun seine Gelegenheit gekommen, sich an ihr zu rächen. Er bekam seinen Arm frei, und während er den Türknopf drehte und einen halben Schritt nach draußen machte, verschwand das lange Lächeln aus seinem Gesicht, und er sagte kurz und knapp: »No home.«

Ich war nicht neugierig, mich mit ihrer Reaktion zu

befassen. Vielleicht war aber der Schock heilsamer als die Aufrechterhaltung einer trügerischen Hoffnung. Ohne mich umzusehen, folgte ich Kayode, der mit großen Schritten in Richtung Treppe hinfort eilte. Noch mehr Kinder kauerten jetzt auf den Korridorfliesen, aber von den beiden Halbwüchsigen, die auf der Treppe gesessen hatten, sahen wir nichts, möglicherweise, weil wir so schnell liefen. Der Pförtner war noch immer verschwunden, und wir machten uns nicht die Mühe, ihn zu suchen. Kayode stieß die Tür auf, und als wir nach draußen traten, streifte uns eine sanfte Brise und erlöste uns von der Übelkeit, die wir im Gebäude verspürt hatten.

»Warum musste das jetzt sein?«, fragte ich Kayode verärgert. »Wolltest du dich für die Beleidigung rächen? Hätten wir nicht von Anfang an wieder gehen können?«

Kayode antwortete, nun wieder wie gewohnt lächelnd: »Wir konnten nicht einfach weggehen. Unsere Arbeit müssen wir schon machen. Glaubst du, ich hätte nicht verstanden, was sie am Anfang gesagt hat? Als Sklave hat sie mich bezeichnet! Ich komme aus Nigeria und ich weiß, was das arabische Wort *Abd* bedeutet. Abdullah, Abdulrahman und so weiter. Aber wie du bin auch ich Christ, und ein Christ verzeiht auch eine Beleidigung.«

Ich versuchte, die Situation zu retten und die Beleidigung kleinzureden, aber die Brüchigkeit meiner Stimme verriet, dass ich log. »Das Wort *Abd* bedeutet in manchen arabischen Dialekten einfach schwarz, weiter nichts«, versuchte ich es. »Und Frau A. kann ohnehin nicht gut Arabisch.«

Das Erlöschen von Kayodes Lächeln bedeutete, dass ich nichts erreicht hatte. »Und das soll eine Rechtfertigung sein? Dass das Wort für Sklave gleichbedeutend mit schwarz ist? Heißt das etwa nicht, dass das Arabische voller Hass ist? Ich habe keine Wahl, ich bin schwarz. Und wenn man schwarz ist, wird man entweder Christ oder man kommt in den Knast. Das Christentum ist schon seltsam. Es macht aus einer Beleidigung eine Tugend, und daraus, dass man sie erträgt, Frömmigkeit. Wie sonst willst du erklären, dass halb Afrika in weniger als einem Jahrhundert zum Christentum übergetreten ist, nachdem der weiße Mann dort angekommen war? Das ist nicht geschehen, weil das Christentum uns aufgezwungen wurde, sondern weil wir etwas brauchten, das uns half, die Demütigung zu ertragen, ja ihr eine noble Bedeutung beizumessen.«

»Aber vor einer knappen Stunde hast du noch gesagt, jeder Muslim sei schwarz. Ist jetzt jeder Muslim auch ein Christ?«

»Ja, genau. Jeder Muslim ist ein schwarzer Christ, der irgendwie vom Weg abgekommen ist. Genauer gesagt ist jeder Christ ein schwarzer Muslim, der es geschafft hat, die Schande seiner Existenz zu ertragen.«

Kayode hob dazu an, eine weitere Sozialtheorie vorzutragen, in der er die Begriffe von ihren sonst üblichen Bedeutungen löste und sie neu definierte, damit sie das offenlegten, was er als ihre grundlegende Beziehung ansah. Ich hatte aber keine Lust, wieder seinem Sermon zu lauschen, und brachte unser Gespräch auf das ursprüngliche

Thema zurück: »Warum hast du ihr gesagt, dass es keine Hoffnung für sie gebe?«

»Weil es die Wahrheit ist. Sie hat im Test unglaublich schlecht abgeschnitten. Sie hat ein Gedächtnis wie ein Fisch, und ihr fehlt ein Mindestmaß an Gefühl für Zeit und ihr materielles Umfeld.«

»Das stimmt doch nicht, Kayode, und das weißt du. Sie hat ein sehr scharfes Gedächtnis, und sie ist so klug und redegewandt wie wir beide nicht. Die Sache ist nur die, dass dieser Test für bestimmte Leute entwickelt wurde. Sie kommt aber aus den Bergen, und dort haben sie keine Uhren und kennen keine Kängurus.«

»Du hast ja recht. Aber Philosophieren gehört nicht zu meinem Job, auch wenn ich wahrscheinlich ganz gut darin wäre. Mein Job ist es, den vom National Health Service ausgegebenen Fragebogen abzuarbeiten. Ob der richtig oder falsch ist, ändert nichts an den Tatsachen.«

Ich verlor fast die Nerven und wurde laut: »Was für Tatsachen denn bitte?«

»Na das, was das Ergebnis des offiziellen Tests sagt und was in den von zugelassenen Ärzten geschriebenen Berichten steht, die alle fein säuberlich in unserem System abgespeichert sind. Davon hängt ab, ob sie Anrecht auf eine eigene Wohnung hat oder nicht. Du brauchst jetzt gar nicht damit anzufangen, dass die Wahrheit relativ ist und dass Bergbewohner etwas anderes darunter verstehen als ich und du. Das weiß ich selbst. Wir sind hier aber in London und nicht in den Bergen, und hier gilt nur eine Wahrheit. Das ist kein Idealzustand, aber jede Gesellschaft braucht einen Maßstab, damit wir zwischen Gut und Schlecht, Akzeptabel und Inakzeptabel, Schwarz und Weiß und so weiter unterscheiden können. Es braucht eine allgemeingültige Norm, auch wenn sie falsch ist.«

»Glaubst du wirklich, dass es der Frau an grundlegenden geistigen Fähigkeiten fehlt?«

»Was ich glaube oder was du glaubst, ist unwichtig, und das ist auch gut so. Wenn es um meine persönliche Meinung ginge, dann hätte ich die Frau nach ihrer frechen Beleidigung gegen mich auf die Straße geworfen, auf dass sie hungers stirbt! Diese Tests, so dumm sie auch sind, so neutral und unpersönlich sind sie auch. Sie retten uns gewissermaßen vor zu viel menschlicher Härte. Glaub mir, das System schützt uns vor uns selbst.«

Ich hätte Kayode einiges zu sagen gehabt. Zum Beispiel, dass seine ganzen Theorien Quatsch waren und dass Tests die herzloseste Erfindung der Menschheit sind, alle Tests, nicht nur die, die er vornahm. Nichts macht Menschen mitleidsloser als Tests. Es genügt, sich an die stumpfen Gesichter unserer Grundschullehrer zu erinnern, wie sie ohne jedes Mitgefühl die Zeugnisse an die armen Schüler verteilten, die das Klassenziel nicht erreicht hatten, oder wie die, die es geschafft hatten, am Ende des Schuljahres herumtanzten, ohne zu bemerken, wie geknickt die waren, die weniger Glück gehabt hatten. Das Schlimmste daran war die Gewissheit, die uns Schuljahr um Schuljahr eingepflanzt wurde: dass die Menschen je nach ihren Noten auf verschiedenen Stufen stehen, dass das ganze Leben eine einzige lange Prüfung ist und dass man pausenlos

Punkte und Zensuren sammeln muss und nur die zu Recht stolz sein dürfen, die möglichst viele und gute davon abbekommen. Den Versagern dagegen bleibt nur, sich selbst zu verachten oder im besten Fall Schuldgefühle mit sich herumzuschleppen. Das alles und noch mehr hätte ich Kayode sagen wollen, auch wenn wir beide nur zu gut wussten, dass wir das System nicht ändern konnten. Aber es ist ein Unterschied – wenn auch zugegebenermaßen ein kleiner –, ob man mit dem elenden Zustand der Welt zufrieden ist und ihn gutheißt, oder ob man sich mit etwas Missbehagen nur damit abfindet. Am Ende sagte ich nichts, denn in diesem Moment trennten sich unsere Wege.

Kayode bog links in die Hauptstraße ab, um dort in irgendeinem türkischen Restaurant zu Mittag zu essen. Er schlug mir sogar vor, mitzukommen und das Gespräch fortzusetzen, aber ich hatte im Bürokühlschrank noch eine Vesperbox vom Vortag liegen, und ich zog es vor, deren Inhalt zu verzehren. Der Thunfischsalat, der mich erwartete, war zwar nicht berauschend, aber ein Mittagessen selbst im billigsten Restaurant würde mich mindestens zehn Pfund kosten. Es war eine der typischen Situationen, in denen einem klar wird, wie banale Nebensächlichkeiten einen zuweilen davon abhalten, wichtige Dinge zu sagen; genauer: wie hundertfünfzig Gramm Dosenfisch der Preis dafür waren, jemandem Gerechtigkeit widerfahren zu lassen, der nicht mehr lange zu leben hatte.

4

Bis ihr der Ehemann weglief, ohne je wiederzukommen, hatte meine Großmutter nie Geschichten erzählt. Zuvor sei sie, so sagte sie, schüchtern gewesen und stumm wie ein Stein. Aber nachdem sie immer länger allein geblieben war und nur noch weinen nichts mehr half, begann sie sich Erzählungen auszudenken, eine nach der anderen, und lief im Dorf von einem Haus zum nächsten, klopfte an die Türen und erbot sich, Geschichten zu erzählen, denn irgendwie musste sie ihre vier vaterlos gewordenen Töchter ja ernähren. In jedem Haus stibitzte sie beim Erzählen beiläufig irgendetwas: hier einen Brotfladen, da einen in Fett getunkten Essensrest. Die Frauen saßen um sie herum und hörten gebannt zu. Dann und wann gewährten ihr die Bewohner auch ein Glas Tee oder einen Zug aus einer Zigarette. Ihre Geschichten waren gefragt, denn niemand in der Gegend außer meiner Großmutter besaß eine solche Begabung.

Dazu gehörte auch, dass sie Dinge sah, die andere nicht sahen.

Alle paar Wochen kamen Polizisten aus dem Dorf oder von der Präfektur in ihr Haus und nahmen sie mit zur Wache, wo sie Leichen beziehungsweise Leichenreste von unbekannten Männern inspizieren sollte. Manchmal drehten sie die nackten Körper zwei- oder dreimal vor ihr hin und her und zwangen sie, sich diese anzusehen und zu sagen, ob dieser oder jener nicht vielleicht ihr Mann war. Wenn sie verneinte, sagten sie ihr, sie solle die Hände von den Augen nehmen und noch einmal genau hinsehen, der Tod verändere das Aussehen der Menschen. Erst wenn sie dann immer noch verneinte, ließen sie sie wieder nach Hause gehen.

Jedes Mal kam sie von solchen Besuchen mit einer oder mehreren neuen Geschichten zurück, sei es von einem Mann, dessen Brüder ihn erwürgt und in den Fluss geworfen hatten, um sich seinen Teil am Erbe zu sichern, von einer Frau, die sich für den Betrug ihres Ehemannes gerächt hatte, indem sie ihn verbrannte und von dem man nur noch den gehäuteten Kopf in einem Acker vergraben gefunden hatte, und immer wieder Geschichten von verlorener Ehre und Rache. Wenn sie gute Laune hatte, erzählte sie auch harmlosere Geschichten, etwa von Personen, die im Meer versanken, nachdem sie einen Sirenenruf von dort vernommen hatten, oder die von Dschinn dazu verführt worden waren, ins Wasser zu gehen. Die Nachbarn waren ganz versessen darauf, die alte Frau bald wieder zu empfangen, denn aus irgendeinem Grund gefielen den Leuten die Geschichten von Toten besser als die von Lebenden. Der Tod machte, dass sie Mitleid mit Menschen bekamen, die sie nie gekannt hatten, und sie fühlten Wärme und Ehrfurcht. Meine Großmutter dachte sich all diese mit unglaublichen Übertreibungen angereicherten Geschichten gänzlich aus, aber gerade das Befremdliche hörten die Leute sich gerne an, denn das Gewöhnliche kannten sie schon gut genug. Aufgrund ihres Scharfsinns, an den die Menschen um sie herum glaubten, wurde sie bald auch in umliegende Dörfer eingeladen, wo sie sich Tote ansehen sollte, an deren Todesumständen man Zweifel hatte. Meine Großmutter folgte solchen Einladungen sofort, denn sie hing der festen, wenn auch etwas seltsamen Überzeugung an, dass man nur dann wirklich sterbe und die Seele des Toten zur Ruhe komme, wenn die Leiche zum einen gesehen worden sei und die Nachgebliebenen zum anderen keine Zweifel an der Ursache des Todes des Betroffenen hätten. An jedem Leichnam, meinte Großmutter, könne man die Geheimnisse des gestorbenen Menschen erkennen, wenn einem die entsprechende Gabe eigen sei. Diese wiederum könne man sich nur mit langer Übung antrainieren, und mehr Übung als meine Großmutter hatte niemand in unserer Gegend. Trotz alledem endete jede ihrer Geschichten immer nur mit einer recht gewöhnlichen Moral von begrenzter Weisheit, die sie aber gleichwohl nimmermüde wiederholte. Das enttäuschte ihre Nachbarn, denn wie konnte es sein, dass jemand solch spannende und verwickelte Geschichten erzählte und diese dann mit einem Allerweltsspruch beendete wie: »Die Bestattung ist die Ehrung des Toten.« Wie bitte? Als wäre das alles, was man von den Altvorderen lernen konnte! Als ob all das Unglaubliche in ihren Geschichten letztlich auf etwas vollkommen Biederes und bis zur Langeweile Gewöhnliches hinauslief. »Mit dem Begräbnis ehrt man die Toten, liebe Leute!«, sagte sie und ging nach Hause.

Und ebendiese meine Großmutter erschien mir nun im Traum und brachte mich dazu, die Aufgabe, die auf mich zu nehmen oder nicht Aiman mir freigestellt hatte, nun doch zu übernehmen. Denn in jener Nacht, in der ich wach blieb und auf seinen Anruf wartete, um offiziell mit der Bestattung beauftragt zu werden, übermannte mich beinahe der Schlaf, und schließlich rief ich ihn meinerseits an. Zuerst klingelte es lange, und die Leitung brach ab. Dies wiederholte sich, ich wurde unruhig und schickte ihm eine Nachricht, er solle mir mitteilen, ob es ihm gut gehe. Andererseits war ich froh, dass ich zumindest heute niemanden würde bestatten müssen, und entspannte mich. Ich machte mich gerade bettfertig, da klingelte um Mitternacht endlich mein Handy. »Aiman« stand auf dem Display.

Es war nicht schwer zu erraten, dass er mir mitteilen würde, dass nicht alles nach Plan gelaufen war. Vielleicht war die Zusicherung der Botschaft, man könne mich noch am selben Tag beauftragen, übertrieben gewesen, und es dauerte doch noch eine Weile. Oder Ghiyaths Eltern hatten es sich anders überlegt und wollten den Leichnam nun doch nach Kairo bringen lassen, um den Sohn dort zu begraben. Aber schon Aimans sorgenvolle Stimme kündete davon, dass alles noch schlimmer war.

Aiman sprach atemlos und stockte dabei. Zuerst dachte ich, er wäre auf der Straße und mache beim Telefonieren große Schritte, aber dann begriff ich, dass er aus seiner Wohnung anrief und entweder auf dem Balkon oder an einem offenen Fenster stand. Jedenfalls hörte ich im Hintergrund den für ein geübtes Ohr unverkennbaren nächtlichen Lärm Kairos, der aus kolossaler Tiefe aufzusteigen schien, gedämpft, müde, vermischt mit warmem Staubgeruch und leichter Feuchte. Einen Moment lang durchzuckte mich Sehnsucht, denn dieses vertraute schwammige Gedröhn von früher ist das Einzige, das ich an Kairo vermisse und das mich mit der Stadt und ihrer Geschichte noch verbindet. Aber Aimans Flüche und Verwünschungen ließen mir nicht lange Raum, diesem Krach aus der Vergangenheit zu lauschen. Die Wut, die in seiner Stimme mitschwang, war mir Beleg dafür, dass ich keine Reue darüber zu empfinden brauchte, mein Land verlassen zu haben. Und wo es keinen Grund für Reue gibt, ist auch Sehnsucht fehl am Platz.

»Ein armseliges Land voller Schurken ist das hier! Man weiß wirklich nicht mehr, was man machen soll. Erst lassen sie die Familie nicht in London Abschied von ihrem Sohn nehmen und ihn dort begraben, und jetzt wurde ihnen auch noch ihre Trauerfeier in Kairo verboten. Was für ein Elend!«

Aiman hatte für die Familie wie versprochen einen Feiersaal neben einer Moschee in der Nähe seiner Wohnung angemietet. Zuerst hatte er versucht, ein Jugendzentrum oder etwas in der Art zu bekommen, weil der Familie das lieber gewesen wäre, aber er fand nichts. Alles war ausgebucht, und Aiman schätzte sich glücklich, dass er für denselben Tag noch etwas organisieren konnte. Der Moscheediener hatte ihm denn auch zu verstehen gegeben, dass er ihm damit einen großen Gefallen tat, und kritisierte, dass er nicht schon länger reserviert hätte, was Aiman wiederum zurückwies. Wie hätten Ghiyaths Eltern denn bitte im Voraus wissen sollen, wann ihr Sohn stirbt? Er verstand auch gar nicht, warum alles ausgebucht war. Wurde zu viel gestorben oder gab es einfach zu wenige Veranstaltungssäle? Der Moscheemann gab eine Antwort, die Aiman zwar nicht ganz überzeugte, ihn aber davon abhielt, weitere Fragen zu stellen. Das Leben verlaufe heutzutage nun einmal in sehr geordneten Bahnen, und ja, der Tod habe etwas Ehrfurcht Gebietendes und so weiter, aber auch von den Angehörigen von Gestorbenen könne man ja etwas Verantwortung erwarten, und sie müssten verstehen, dass es auf der Welt auch noch andere Dinge gab, die pünktlich erledigt werden wollten.

Abu Ghiyath telefonierte seine Bekannten in Kairo zusammen – fast alle waren Syrer, die in Kairo lebten – und lud sie zur Trauerfeier für seinen Sohn ein. Sehr viele Gäste würden nicht kommen, vielleicht alles in allem zwanzig Leute. Aber dennoch und trotz eines gewissen Schmerzes in der Stimme des Vaters hörte Aiman doch auch Lebendigkeit und Stolz mitschwingen, als der Mann seinen Gesprächspartnern mitteilte, dass trotz der schwierigen Umstände und des Aufenthalts in einem fremden Land alles ordnungs- und traditionsgemäß ablaufen würde. Die Eingeladenen reagierten mit großer Wertschätzung, denn außer Traditionen hatten sie nichts mehr. Alles andere hatten sie in der Heimat zurücklassen müssen.

Seine Frau dagegen wollte keinesfalls an der Trauerfeier teilnehmen und blieb mit den Kindern in Aimans Wohnung. Noch immer überkam sie dann und wann die Vorstellung, ihr Sohn habe seinen Tod nur inszeniert. Zudem gefiel ihr nicht, wie eifrig ihr Mann die Feier vorbereitete, denn sie fand, es gehörte sich nicht, eine Totenfeier abzuhalten, wenn der Gestorbene so weit weg in einem kalten Land lag. Sie klagte, dass man Tote nicht einmal mehr in Ruhe unter die Erde bringen könne und dass der Tod heute schon genauso kompliziert sei wie das Leben. Aber Abu Ghiyath bereitete das Zeremoniell nur umso entschlossener vor. Die Kondolenzfeier, die ihm Gelegenheit gab, so zu tun, als hielte er an Traditionen fest, machte ihn merkwürdig lebendig und gab ihm das Gefühl, dass sein altes Leben, so weit weg und beschädigt es auch war, doch noch ihm gehörte.

Die Polizisten, die nur wenige Minuten nach Eintreffen der ersten Gäste in den Saal kamen, sahen das allerdings ganz anders. Der Moscheediener war unruhig geworden, als er die Männer syrische Mundart sprechen hörte, und hatte der Polizei sofort von einer verdächtigen Versammlung und einer Trauerfeier ohne Leiche berichtet. In Ägypten kann alles Argwohn erregen, und im Fernsehen werden die Bürger aufgefordert, wachsam zu sein, vor allem wenn Ausländer im Spiel sind.

Die Beamten betraten den Raum in Zivil, begrüßten Abu Ghiyath von oben herab und setzten sich zunächst eine Viertelstunde lang auf Stühle, vermutlich, um in den Genuss des ungesüßten Kaffees zu kommen. Der Gastgeber war stolz, dass zwei Fremde auf seine Feier gekommen waren. Wie der Tod doch alle Menschen in Trautheit vereinte! Er selbst war oft auf Trauerfeiern für Leute gegangen, die er kaum gekannt hatte, und immer hatte es ihm ein wenig Zufriedenheit verschafft.

Als die Beamten ihren Kaffee getrunken und offenbar sehr genossen hatten, bedeuteten sie dem Gastgeber, mit ihnen nach draußen zu kommen, wo sie ein paar Minuten mit ihm flüsterten. Aiman folgte ihnen und versuchte zu vermitteln, aber er konnte nichts ausrichten, denn Abu Ghiyaths Aufenthaltserlaubnis war abgelaufen, was ein ausreichender Grund war, ihn festzunehmen. So verwandelte sich die ganze Totenfeier in einen Hinterhalt, denn alle, die der Einladung gefolgt waren, wurden prompt ebenfalls in einen Gefangenentransporter verfrachtet, der vor der Moschee vorgefahren war. Die Nacht darauf verbrachten neunzehn Freunde und Bekannte des Familienvaters auf der Wache, und nur wenige von ihnen waren vorher dazu gekommen, auch nur eine Tasse Kaffee zu trinken. Nur ein Gast, der unterwegs eine Panne hatte, entging diesem Schicksal. Als er in den Saal kam, war der Polizei-Lkw bereits abgefahren. Solche zufälligen Verkettungen von Umständen interessieren mich sehr, und gerne hätte ich Aiman nach weiteren Einzelheiten dazu befragt, aber das schien unpassend, denn schon erfuhr ich, dass man auch Ghiyaths Mutter und ihre Kinder aus Aimans Wohnung abgeholt und zur Wache gebracht hatte! Das alles wäre gerade noch erträglich gewesen, wenn der Polizeigruppenführer die Frau nicht in Handschellen hätte legen lassen, obgleich sie bettelte, dass man das doch vor ihren Kindern unterlassen solle.

Aiman rief einen Rechtsanwalt an, den er kannte. Der versprach zu kommen, tauchte aber nicht auf und stellte stattdessen sein Telefon ab. Die beiden Beamten, die das Verhör leiteten, wollten überhaupt nicht glauben, dass man eine Trauerfeier ohne Sarg und Leichentuch abhalten konnte, und die Geschichte mit London und der britischen Botschaft machte sie nur noch argwöhnischer. Stattdessen fragten sie die Festgenommenen immer wieder nach ihrem Verhältnis zu den Muslimbrüdern, was sie von Expräsident Mursi hielten und was sie zum Krieg in Syrien zu sagen hätten. Einmal fiel eine Frage zu Serbien oder etwas dergleichen Abwegiges, was die Kondolierenden ganz aus dem Konzept brachte. Sie verstanden nicht, warum sie eine Meinung zu Serbien haben mussten, und wenn, was das die Polizei angehe. Ihre Weigerung, diese Frage zu beantworten, war den beiden Verhörern allerdings erst recht ein Beweis dafür, dass die Zusammenkunft in der Moschee einen politischen Hintergrund gehabt haben müsse, ja einer von ihnen folgerte blitzscharf, dass das alles mit der Besetzung des Rabia-Platzes durch die Muslimbrüder zu tun haben müsse.

An diesem Punkt änderte sich der Verlauf des Verhörs plötzlich. Der weniger freundliche der beiden Polizisten wandte sich an Abu Ghiyath und lobte den Kaffee, den er auf seiner Feier getrunken hatte. Er fragte ihn, ob es sich dabei um eine spezielle syrische Rezeptur gehandelt habe. Der Befragte brach nun, trotz der peinlichen Situation, in der er sich befand, in Lachen aus, und erklärte schüchtern, der Moscheediener habe den Kaffee zubereitet und alle anderen Vorbereitungen verrichtet und dass das alles mit Syrien nichts zu tun habe. Der Befrager beachtete diese für ihn enttäuschende Antwort gar nicht und fuhr fort, den syrischen Kaffee zu loben, der ja auf jeden Fall sehr bekömmlich sei, und erst das syrische Schawirma und das wunderbare syrische Süßgebäck! Um sein Gespräch interessanter zu machen, würzte er es mit einer scherzhaften Würdigung des Krieges in Syrien. Immerhin seien dadurch sehr viele Syrer nach Ägypten gekommen und hätten ihre Süßwaren mitgebracht.

»Was will man machen! Das Unglück der einen ist nun mal das Glück der anderen …«

Aiman, der zugegen war, war es zu viel geworden, und er wollte dem Geschwätz des Offiziers etwas entgegensetzen. Zugleich aber konnte er dem Gesagten auch ein Stück Logik abgewinnen, und dass nun alle herzlich lachten, nahm der Situation ein wenig von ihrer Schwere. Abu Ghiyath seinerseits wollte die Heiterkeit auf der Wache nutzen und setzte nun alles auf seinen letzten Trumpf, wohl wissend, dass es riskant war. Er sagte: »Wissen Sie, Herr Kommissar, wir sind ja in Wirklichkeit Ismailiten.«

Das war ein großer Fehler. Der andere Polizist zuckte, als hätte er einen Geist gesehen. Er starrte Abu Ghiyath an, zitterte dabei fast und bat ihn, zu wiederholen, was er soeben gesagt habe. Offensichtlich hatte er nicht verstanden, was mit Ismailiten gemeint sein könnte, aber sein Ermittlerinstinkt sagte ihm, dass er etwas ganz Großem auf der Spur war. Der Mensch mag nicht, was er nicht kennt, und ein Polizist schon gar nicht. Der Beamte schlug sogleich wie wild auf seinen Tisch, und nur das Einschreiten seines Kollegen, der mit den syrischen Süßspeisen, rettete den armen zu Vernehmenden, indem er seinen Kollegen aufklärte und sich dabei sehr gebildet gab: »Ismailiten, das sind diese Assassinen, die mit dem Aga Khan und das ganze Zeug.«

Darauf fragte der wütende Ermittler: »Wenn das so ist, was macht ihr dann in einer Moschee? Wolltet ihr sie etwa entweihen?«

Einen Moment lang herrschte Stille im Raum. Nicht alle verhafteten Syrer waren Ismailiten, und während es still war, wägte jeder von ihnen ab, wie riskant es wäre, jetzt zu sprechen. Schließlich gab sich einer einen Ruck, und die anderen stimmten ein. Sie distanzierten sich einer nach dem anderen vom Gastgeber und versuchten, ägyptischen Dialekt zu sprechen, in der Hoffnung, das könnte die Polizei freundlich stimmen.

»Herr Kommissar, wir sind keine Ismailiten, wir sind Sunniten«, gaben sie an.

Die Armen. Obgleich sie schon relativ lange in Ägypten gelebt hatten, wussten sie immer noch nicht, wie es in diesem Land läuft. In solch einer Lage sagt man besser gar nichts, denn mit allem, was man äußert, zieht sich die Schlinge um den eigenen Hals nur enger. Schweigen nützt allerdings meistens auch nichts. Jedenfalls frohlockten die beiden Ermittler, als hätte ihnen der Himmel endlich die Antwort gesandt, die sie von Anfang an hatten hören wollen.

Sie teilten die Verhafteten nun in drei Gruppen auf und beschuldigten jede der drei Gruppen eines bestimmten Vergehens. Der ersten, den Sunniten, wurde vorgeworfen, einer verbotenen Organisation anzugehören, den Ismailiten Verächtlichmachung der Religion sowie das Abhalten einer unerlaubten Versammlung, und denen, die aus Verzagtheit oder aus Vorsicht geschwiegen hatten, steckte einer der Verhörer ein paar Päckchen Haschisch zu, nur vorsorglich, denn vielleicht waren die ja auch »Assassinen«, also Haschischraucher, und gaben es nur nicht zu. Der Süßspeisenexperte beendete das Verhör irgendwann mit einer Entschuldigung, die sehr ehrlich klang.

»Liebe Leute«, sagte er, »ihr seid uns wie Brüder, aber wir leben in schwierigen Zeiten. Ihr müsst verstehen, dass wir sehr vorsichtig sein müssen.«

Die Beschuldigten gaben ebenso aufrichtig an, dass sie vollstes Verständnis hätten. Sie nickten zustimmend und schauten mitleidig drein.

»Gott möge Ihnen helfen, Herr Kommissar.«

Auf Aimans Stimme lastete Schmach, als er mir all das berichtete. Nicht nur hatte er Gästen, die in seiner Wohnung und in seinem Land Schutz gesucht hatten, nicht helfen können, nein, er selbst hatte ihnen all das eingebrockt und dabei noch gedacht, er tue ihnen einen Gefallen und lindere ihr Schicksal. Ein Ächzer entglitt ihm, und ich vermutete, dass er fast oder tatsächlich weinte und versuchte, ein Schluchzen zu unterdrücken. Tatsächlich aber hatte Aiman einen Gecko erblickt, der vom Balkon aus in die Wohnung schlüpfen wollte, und stellte ihm einen Fuß in den Weg, um ihn in eine andere Richtung zu lenken, aber vergeblich. Warum ließ er auch die Balkontür offen stehen?

»Du hattest so recht, das Land zu verlassen!«, sagte er. »Und ich habe dir noch gesagt, bleib hier, hier ist unser Platz, und all den Unsinn.«

Ich wusste nicht, wie ich ihn über seine Ohnmacht hinwegtrösten sollte, zumal dies einer der seltenen Anlässe war, dass Aiman einen Fehler einräumte, wenn nicht das einzige Mal überhaupt. Es war aber auch nicht der richtige Zeitpunkt, mich über die Konsequenzen auszulassen, die mein Weggehen, das er damals beklagt hatte und nun lobte, mit sich gebracht hatte. Während der kurzen Sprechpausen, die er machte, sonderte ich Worthülsen ab, wie sie in solchen Situationen üblich sind: »Tja, was will man machen?«, »Du kannst nichts dafür« oder »Gott wird es richten«.

Aiman entband mich von allen Aufgaben im Zusammenhang mit der Bestattung. Zum einen war immer noch keine Beauftragung eingegangen, und zum anderen saß die ganze Familie in Haft. Wenn es so den Lebenden erging, was sollten dann Tote von einem Begräbnis haben?

Mir war sogar, als wäre eine Beerdigung unter diesen Umständen eine Missachtung des Leids der Familie, denn Begräbnisse werden um der Lebenden willen gemacht, nicht der Toten. Ungeachtet dessen gab Aiman mir zu verstehen, dass ich vielleicht doch noch etwas für ihn tun könne. Ich wusste nicht, was das sein sollte, tat aber so, als wäre ich einverstanden, und versprach ihm, ich würde ihm morgen Bescheid geben. Dann legte ich mich mit dem festen Entschluss schlafen, die ganze Geschichte zu vergessen, als hätte ich sie nie gehört. Was hatte ich denn mit diesem Nonsens zu tun? Erst ein Delfin als Lebensretter, dann die britische Botschaft, und jetzt Kaffee, der Aga Khan und syrisches Baqlawa?

Da ging mir ein Vers aus der Bibel durch den Kopf. Es war ein Satz, den Jesus einmal gesagt hat, und er schien zwar nichts mit den Umständen zu tun zu haben, aber ich fand ihn dennoch passend. Und indem ich ihn mit frommer Stimme vor mich hin stammelte, wuchs in mir die Überzeugung, dass es das Beste war, die ganze Geschichte zu vergessen.

»Lass die Toten ihre Toten begraben.«

In dieser Nacht erschien mir meine Großmutter Badia im Traum. Es war ein Traum der Art, in der die Menschen in anderer Gestalt und mit anderen Stimmen auftreten, und man erkennt sie trotzdem mühelos. Man versucht auch gar nicht erst, sich zu erklären, wieso man ihnen wie selbstverständlich die Namen von Bekannten gibt und sie mit Gefühlen ausstattet, die mit ganz anderen Personen zu tun haben.

Die Großmutter erschien mir als Frau A. und sprach ungefähr mit deren Stimme, wenn auch lauter und selbstsicherer, und ich traf sie auch in ebenjenem Zimmer in der Unterkunft, in dem ich morgens noch zu Besuch gewesen war, aber ohne Kayode. Aus irgendeinem Grund waren wir beide barfuß, was mir peinlich war und ein Gefühl der Leere in mir auslöste.

Sie nahm mich an der Hand und zog mich aus dem Zimmer. Wir liefen durch die langen Gänge im Erdgeschoss. Es war dunkel, aber wir konnten um uns herum alles mühelos sehen, auch die Menschen, aber die achteten nicht auf uns. Sie sprach in einer mir unbekannten Sprache zu mir, es schien Kurdisch zu sein, aber in meinem Kopf verstand ich alles. Wir liefen an den Kindern vorbei, die sich auf die Bodenfliesen drückten, sie blieb kurz bei ihnen stehen und flüsterte mir zu: »Alle, die hier zur Welt kommen, werden tot geboren.«

»Aber die hier sind doch nicht tot, Großmutter!«, wandte ich ein.

Mit ungeduldiger Miene sagte sie: »Wir sind doch in einem Traum.«

Ich dachte, sie meine damit, dass im Traum manches übertrieben sei und dass ich meiner Fantasie etwas mehr Freiheit geben solle, aber diese Annahme korrigierte sie umgehend. Sie erklärte mir, dass Träume Wahrheit enthüllten und uns sehen ließen, was wir in der Wirklichkeit nicht erkennen. Manche Menschen seien im wirklichen Leben lebendig und im Traum tot oder umgekehrt. Dann palaverte sie lange davon, dass die Wahrheit etwas anderes sei als die Realität und umgekehrt. Ich versuchte nicht zu verstehen, was sie meinte, und machte mir nicht die Mühe, nachzufragen.

Noch immer lag meine Hand in ihrer, und Badia führte mich weiter durch das Heim. Jetzt brachte sie mich in das Zimmer der Schwangeren, die ich am Vormittag gesehen hatte, wie sie versucht hatte, ihren Kopf durch das Fenster zu stecken. Ihr Zimmer war noch immer stickig und heiß, und die Frau lag auf dem Rücken. Ihre Brust hob sich, als hätte sie Atemprobleme. Großmutter sah in ihr aufgedunsenes Gesicht und auf ihren weit offen stehenden Mund und strich dann über die Strähnen ihres groben Haares. Dann erzählte sie mir, wie die Schwangere in die Notunterkunft gekommen und einen hässlichen Tod gestorben war. Auch diese Geschichte klang unglaublich, widersprüchlich und übertrieben.

»Aber sie ist doch nicht tot, Großmutter«, sagte ich wieder.

»Das ist unwichtig. Sie wird noch sterben.«

Mir war, als wolle mir meine Großmutter aus irgendeinem Grund Schuldgefühle einreden, und ich versuchte mich dagegen zu wehren. Schließlich lag es nicht in meiner Hand, hier oder sonst wo jemandem zu helfen. Dieses Ohnmachtsgefühl war schon schwer genug zu ertragen, da brauchte ich nicht auch noch Gewissensbisse.

»Das ist ein Traum, mein Liebster. Versuch ihr doch wenigstens im Traum zu helfen.«

»Wem soll ich denn helfen? Das Einzige, was ich im Leben geschafft habe, war, außer Landes zu gehen.«

»Na siehst du«, sagte sie. »Denk wenigstens daran, dass du entkommen bist!«

Ich versuchte, der Frau das Fenster zu öffnen, schaffte es aber nicht. Ich machte dabei nur einen fürchterlichen Lärm und fürchtete, sie könnte davon aufwachen. Deswegen ließ ich es schnell wieder sein. Die Großmutter bestand darauf, dass wir weitergingen, sie schleppte mich von einem Zimmer zum nächsten, und alle Bewohner schliefen entweder oder waren halb tot.

Sie erfand für jede Person eine neue traurige bis dramatische Geschichte, je nach ihrem Aussehen, und stammelte dabei, was zeigte, wie schwer ihr das trotz ihrer langen Erfahrung fiel. Die Erzählungen spielten nicht nur in London, Liverpool oder Belfast, sondern auch viel weiter weg, in Pakistan, Nigeria, Indien, Bolivien, Algerien, Bulgarien, Südafrika und Trinidad, kurz in jedem vorstellbaren Land der Erde, und ich war erstaunt, dass meine Großmutter all diese Länder benennen konnte.

Als sie bemerkte, wie mich alles ermüdete, brachte sie mich aus dem Gebäude. Wir waren noch immer barfüßig, und ich hatte Sorge, dass Passanten uns sehen könnten. Aber grelle bunte Lichter, die im Freien aufschienen, und ein fröhlicher Lärm mit lauter, rhythmischer Musik auf der Straße lenkten mich ab. Draußen war alles anders, so als wären wir in eine neue Welt eingetreten.

Es war sehr spät, vielleicht kurz vor dem Morgengrauen, und die Straße war voller Menschen. Dutzende betrunkene junge Männer wankten in Gruppen von einer Bar zur nächsten und wiegten sich dabei zu ihrem Gelächter,

Liebespaare umarmten sich und hielten aneinander fest, um nicht vor Lust umzufallen. Es war wie ein friedlicher Krawall, nicht das übliche Samstagnachtgejohle, wie man es aus London kennt, sondern alle waren in ihrer Aufgekratztheit glücklich.

Ein anscheinend stark Betrunkener blieb einige Schritte von uns stehen und stützte sich mit einer Hand an die Wand der Unterkunft. Mit der anderen öffnete er mühsam den Reißverschluss seiner Hose, holte sein Glied heraus und urinierte neben den Eingang. Dabei entfuhr ihm ein langes, hüpfendes Röcheln, so als hätte er einen Orgasmus. Ich dachte, er sähe uns nicht, aber dann wandte er sich uns zu, zog den Reißverschluss seiner Hose wieder zu, lächelte uns breit an, sprang plötzlich elegant auf mich zu, umarmte mich und rief: »Gute Nacht! Allen eine gute Nacht!«

Ich winkte ihm zum Abschied, und auch mich erfasste ein echtes Glücksgefühl. Ich hätte ihn gern aufgehalten und ihm gesagt, dass er sich glücklich schätzen könne, nicht zu wissen, dass in diesem Gebäude das Unglück der Welt sitzt, buchstäblich der ganzen Welt, oder zumindest viele Ausformungen davon. In diesem Moment kam mir der Gedanke, dass die Unterkunft eine Falle war, in der sich alles Unheil der Erde verfängt, die aber von der Außenwelt abgeschirmt blieb, damit dort alle Tag und Nacht wohlgestimmt und freudig weiterleben konnten. Deshalb war es besser, dass das, was in der Unterkunft geschah, ein Geheimnis blieb, von dem nur wenige wussten. Ich hatte meine Großmutter kurz vergessen und blickte mich jetzt suchend nach ihr um. Sie stand hinter mir, aber jetzt sah sie auch so aus wie sie selbst, und ich verstand, dass das ein Zeichen dafür war, dass der Traum sich dem Ende zuneigte.

»Lauf schnell weg von hier!«, sagte sie.

Ich versuchte loszurennen, aber meine Muskeln versagten plötzlich, wie es im Traum oft geschieht. Zudem wusste ich nicht, wohin ich fliehen sollte und wovor.

»Ich kenne den Weg nicht, Großmutter, und mein Handy ist leer!«

»Habe ich dir nicht hundertmal gesagt, dass du es vor dem Schlafengehen aufladen sollst?«

Bei diesem Satz erwachte ich in Panik. Mit halb geöffneten Augen tastete ich auf dem Tisch neben meinem Bett umher. Meine Finger fanden das Telefon, das Ladekabel war angeschlossen. Das beruhigte mich etwas. Aber als ich auf das Display sah, war es mit meiner Ruhe wieder vorbei. Ich hatte achtzehn Anrufe von Kayode verpasst, die meisten nach Mitternacht. Unsere Beziehung war nicht so ausgeprägt, dass es angemessen gewesen wäre, sich nach vier Uhr morgens noch anzurufen. Eigentlich gab es in ganz London niemanden, dem ich das zugestanden hätte, und das machte mich traurig. Denn wenn man keinen Freund hat, den man auch um vier Uhr morgens noch anrufen könnte, dann hat man gar keine Freunde. Aber ich konzentrierte mich schnell wieder und las die Nachricht, die Kayode mir gegen fünf Uhr gesandt hatte: »Bitte ruf mich an, sobald du das hier gelesen hast. Es ist dringend!«

Kayode schien in dieser Nacht überhaupt nicht geschlafen zu haben, denn die nächste Nachricht war von Viertel vor sechs: »Geh bitte nicht ins Büro und sprich mit keinem Kollegen, bevor wir telefoniert haben. Wir müssen etwas Dringendes besprechen.«

Während ich die Nachricht ein zweites Mal las, vibrierte das Telefon in meiner Hand. Kayode rief schon wieder an. Jetzt machte ich mir Sorgen, aber seine Hartnäckigkeit ärgerte mich so, dass ich entschied, nicht abzunehmen. Ich hatte verstanden, dass er mich sprechen wollte, aber das war nun wirklich übertrieben. Ich drückte den Anruf missmutig weg, und im nächsten Augenblick beschloss ich, an diesem Tag nicht zur Arbeit zu gehen, denn ich wich Problemen lieber aus, und hier gab es ganz sicher eines, und ich war nicht in Stimmung dafür. Ich schrieb meinem Chef Gary eine Kurznachricht, dass ich krank sei und heute leider nicht kommen könne.

Dann suchte ich im Facebook-Messenger die Mitteilung von Aiman mit der Adresse des Krankenhauses, in dem sich Ghiyaths Leichnam befinden sollte. Der Traum mit meiner Großmutter hatte bewirkt, dass ich mir sagte, wenn ich schon den Lebenden zu nichts nütze war, war es ja das Mindeste, dass ich etwas für einen Toten tat.

Ich beschloss, keine Zeit zu verlieren, und tatsächlich war ich wenige Minuten, nachdem ich aus dem Bett gesprungen war, schon auf der Straße und unterwegs in Richtung U-Bahn-Station. Ich trug ein feines Hemd, wie ich es nur zu besonderen Anlässen anzuziehen pflege. Zur Arbeit erschien ich meist nur im T-Shirt, denn es wäre peinlich, sich für einen in der Hierarchie so weit unten angesiedelten Posten schick zu kleiden. Nur selten wurde ich zu Anlässen eingeladen, die eine besondere Kleidung erforderten. Dies war in drei Jahren das zweite Mal, dass ich ein Hemd trug. Das letzte Mal war gewesen, als ich zum Erhalt der britischen Staatsbürgerschaft einen Eid ablegen musste, und der ganze feine Aufzug war auch noch unnötig gewesen, denn natürlich traf ich dabei nicht die Queen, sondern stand nur vor einem Bild von ihr und sprach wie ein Irrer zu diesem.

Auch das stimmte mich traurig, denn was ist das für ein Leben, wenn man nur alle paar Jahre einmal Anlass hat, sich ein gutes Hemd anzuziehen? Wie oft oder selten dies nötig ist, sagt viel über einen Menschen und darüber aus, wie weit er es im Leben gebracht hat.

Was mich ein wenig tröstete, war, dass ich nach drei Stationen schon in Whitechapel war. Ich mag diesen Stadtteil und fühle mich dort so wohl wie sonst nirgends in London. Außerdem ist es ein Ort von Widersprüchen, die mich zum Lachen bringen, wenn ich über sie nachdenke. Trotz des christlichen Namens der Gegend leben dort überwiegend Muslime, und das bekannteste Gebäude ist eine große weiße Moschee, keine weiße Kapelle. Zudem liegt dort die Brick Lane, eine Touristenstraße mit vielen vermeintlich indischen Restaurants, obwohl jeder weiß, dass es fast alles bengalische sind. Das alles war mir schon kurz nach meiner Ankunft in London aufgefallen und hat mich gelehrt, viele Benennungen in der britischen Hauptstadt in Zweifel zu ziehen.

Während ich aus dem Bahnhof trat und über die Straße ging, um zum Krankenhaus zu kommen, das nur wenige Minuten entfernt lag, erinnerte ich mich an diese amüsanten Gegensätze von Whitechapel. Die Engländer müssen ein entspanntes Verhältnis zu ihrer Sprache haben, dass sie den Widerspruch zwischen der Bedeutung eines Wortes und dem mit diesem Wort bezeichneten Ding ertragen, zumal wenn es um Indien geht. Nicht nur in Bezug auf die »East India Company« und die Frage, ob diese, wie ihr Name suggeriert, wirklich bloß eine »Firma« war. Denn es gab ja viele Firmen, die plötzlich zu Großmächten wurden, und es gibt umgekehrt, wie heutzutage üblich, Großmächte, die zu Unternehmen werden. Aber ich dachte auch noch an ganz andere Sachen, zum Beispiel, dass man hier Inseln in der Karibik Westindien nennt oder die Ureinwohner Amerikas Indianer, oder dass ein schottischer Linguist vor zwei Jahrhunderten für eine Weltgegend den lächerlichen Namen Indochina erfunden hatte. Ich bin mir unsicher, ob eine solche Benennung in zu großer Fantasie oder in tumber Engstirnigkeit begründet liegt. Das Komischste aber ist, dass man an dieser Bezeichnung bis heute festhält.

Angesichts der Verwirrung, die die englische Sprache in die Weltgeografie gebracht hat, ist es also kaum verwunderlich, wenn eine weiße Moschee als weiße oder auch grüne Kapelle benannt wird, dass England als Land des Tees gilt oder dass indisches Kushari zur ägyptischen Nationalspeise wurde. Einen Moment lang ging mir der interessante Gedanke durch den Kopf, dass Kayode sich womöglich irrte und wir alle gar nicht Schwarze sind, sondern Inder.

Aber weiter kam ich mit meinen Überlegungen nicht, denn als ich innerlich gerade beim Kushari war, fragte mich der Mann am Empfang, was der Zweck meines Besuches im Krankenhaus sei. Seltsamerweise war ich auf diese Frage nicht vorbereitet. Was sollte ich ihm sagen? Dass ich wegen der Leiche einer Person gekommen war, die ich nicht kenne? Ich war so verunsichert, dass ich meinen Arbeitsausweis hervorkramte und ihn ihm vor die Nase hielt, so als sei ich in offizieller Mission hier. Der Trick funktionierte besser, als ich erwartet hatte. Er sagte: »Sie sind wegen eines Verstorbenen hier? Vierter Stock, Zimmer 415.«

Der Mann machte sich keine Mühe, darüber nachzudenken, ob seine Antwort zu meinem Besuchszweck passte, und wandte sich bereits zu der hinter mir in der Reihe stehenden Person, um mir zu signalisieren, dass unser Gespräch beendet war. Von mir aus mussten wir es auch nicht weiterführen, dennoch blieb ich vor Erstaunen noch ein oder zwei Sekunden stehen, wo ich war. Wie hatte er erraten, dass ich wegen einer Leiche hier war?

Ich musste die vier Stockwerke zu Fuß hochgehen, denn nur einer von vier Fahrstühlen funktionierte, und vor diesem stand eine lange Schlange von Patienten und Angehörigen.

Zwischen der zweiten und der dritten Etage kam mir ein Gedanke, den ich, so naheliegend er auch war, für sehr luzide hielt. Krankenhäuser, so dachte ich, waren ein

Ort für Kranke, nicht für Gesunde, also waren sie eher ein Nährboden für den Tod als für das Leben. Dementsprechend plausibel war es, dass ich wegen einer Leiche hier war, und der Mann am Einlass hatte nur den Grad der Wahrscheinlichkeit dafür zugrunde legen müssen. Auf der Treppe zum vierten Stock verflüchtigte sich dieser Gedanke wieder, und ich verlor das Interesse an ihm, denn dass ich gleich den benannten Raum betreten würde, beanspruchte meine ganze Aufmerksamkeit. Die Klinikkorridore waren wie ein rundes Labyrinth gebaut, überall waren Abzweigungen, und ihr Design erinnerte mich an die großen, mehrgeschossigen Obdachlosenheime, die ich von meiner Arbeit her kannte. Anstatt mich jedoch mit den Gründen für diese Ähnlichkeit zu befassen, achtete ich auf die Zimmernummern. Ich drehte zwei Runden, nur um wieder an meinen Anfangspunkt zurückzugelangen und festzustellen, dass der Raum Nr. 415 gleich rechts neben mir lag.

Die Tür war angelehnt. Ich klopfte und steckte anschließend den Kopf durch die Öffnung. Niemand war da. Das Zimmer war sehr eng, gerade einmal ein halber Tisch und ein Stuhl standen darin, und jeder, der hier am Computer arbeiten wollte, hätte wohl mit dem Gesicht am Monitor geklebt. Einen Moment lang hatte ich Mitleid mit dem Angestellten, der hier tätig war, da ertönte eine freundliche Stimme hinter mir: »Suchen Sie etwas? Kann ich Ihnen helfen?«

Ich zog meinen Kopf wieder aus der Tür und wandte mich um. Der Mann, der mich angesprochen hatte, war sehr groß und sehr dünn, und ein auffälliger Adamsapfel ragte aus seinem Hals. Anscheinend war er sehr erstaunt, mich zu sehen, was ich nicht verstand.

»Ich suche einen Verstorbenen, um ihn beerdigen zu lassen.«

»Dann sind Sie hier richtig. Sind Sie Ägypter?«

»Ja, woher wissen Sie das?«

»Sie sehen sehr ägyptisch aus. Man könnte Sie für eine pharaonische Skulptur aus dem British Museum halten.«

»Nun gut. Wissen Sie, wo ich den zuständigen Mitarbeiter finde?«

»Ich liebe altägyptische Geschichte. Schon in der Schule habe ich mich dafür begeistert!«

»Wunderbar. Könnten Sie mir meine Frage beantworten?«

»Natürlich. Ich bin der, den Sie suchen. Aber sagen Sie, haben Sie die Pyramiden oft besucht?«

»Nicht wirklich oft. Können wir auf mein Anliegen zurückkommen?«

»Das ist aber seltsam. Warum denn nicht wirklich oft?«

»Keine Ahnung, in Ägypten fahren wir nicht dauernd zu den Pyramiden. Verzeihen Sie, ich suche eine Leiche, die am Montag hier eingetroffen sein müsste.«

»Aber Sie sind Ägypter, ja?«

»Ja.«

»Das ist ja das Seltsamste, was ich je gehört habe. Wie oft waren Sie denn bei den Pyramiden?«

»Weiß ich nicht mehr, ein- oder zweimal. Der Tote war Syrer.«

»Ich komme aus Neuseeland. Eigentlich bin ich hierhergekommen, um in einem Orchester zu spielen, ich spiele nämlich professionell Kontrabass. Das ganz große Instrument, Sie wissen schon.«

»Sehr schön. Haben Sie Kenntnis von einem Verstorbenen namens Ghiyath?«

»Natürlich, aber haben Sie noch etwas Geduld. Also, den Job im Orchester habe ich dann doch nicht bekommen.«

»Es tut mir leid, das zu hören. Er war etwa zwanzig Jahre alt.«

»Ja, aber er sah sogar noch jünger aus. Jedenfalls habe ich dann hier eine Anstellung als Baumwollmann bekommen. Das hätte ich nie erwartet.«

»Als Baumwollmann?«

»Ja. Die Leichen landen am Ende bei mir, und ich nehme die letzten Maßnahmen vor, bevor sie zur Bestattung freigegeben werden. Wir stopfen Baumwolle in alle Körperöffnungen, in die Nase, die Ohren und ins Gesäß, bei Männern umwickeln wir außerdem das Glied mit einem kleinen Verband. Das ist meine Arbeit hier.«

»Warum machen Sie das?«

»Damit keine Flüssigkeit aus den Leichen rinnt. Wenn das passiert, sieht es schrecklich aus, wissen Sie? Ihr Freund kam in einem sehr schlechten Zustand hier an. Offenbar war er schon lange tot. Seine Kleidung war durchtränkt mit einer Mischung aus Urin und Kot und sein Gesicht voller Schleim und Blut.«

»Und was konnten Sie da tun?«

»Keine Sorge, wir haben uns gut um ihn gekümmert.

Ganz einfach war es nicht. Wenn ich Ihnen einen Rat geben darf, dann den, dass Sie nicht so sterben wie dieser junge Mann. Sterben Sie so, dass man Sie spätestens nach Ablauf eines halben Tages findet. Anders gesagt: Leben Sie meinetwegen allein, aber sterben Sie unter möglichst vielen Menschen.«

»Sie haben keinen leichten Job. Kann ich den Leichnam sehen?«

»Es ist eine schwere Arbeit, und am Anfang habe ich sie gehasst, aber jetzt gefällt sie mir. Es ist geradezu eine ägyptische Arbeit, so ägyptisch wie Ihre Gesichtszüge.«

»Wie bitte?«

»Sie wissen doch sicher über die Mumifizierung Bescheid? Ich bin sozusagen ein Mumifizierer, der Letzte, der eine Leiche berührt, um sie auf das Leben im Jenseits vorzubereiten. Sie sehen, ich weiß sehr viel über Ägypten.«

»Ich verstehe. Das ist sehr schön.«

»Vielleicht denken Sie, dass das eine banale Arbeit ist, aber ganz im Gegenteil: Das ist wahre Menschenwürde. Die Menschheit ist um eine solche Würde bemüht, seit sie zum ersten Mal mit dem Tod konfrontiert war.«

»Genau. Und deswegen bin ich hier und brauche Ihre Hilfe.«

»Eine Frage noch.«

»Bitte schön.«

»Kennen Sie die Krone, die Horus aufhatte? Der Gott mit der weißen Krone, die Krone des Südlichen Reiches?«

»Ja, ich habe davon gehört.«

»Sieht fast aus wie ein Kegel beim Bowling, richtig?«

»Ja, ein bisschen.«

»Eine seltsame Ähnlichkeit. Wissen Sie, wie die zustande kam?«

Meine Geduld war langsam am Ende. Woher sollte ich wissen, warum die Krone des Horus wie ein Kegel aussah? Dieser Idiot dachte wohl, ich sei soeben einem ägyptischen Grab entstiegen oder mit einer Sonnenbarke nach London gerudert. Er sah mich gar nicht, ich war für ihn nur ein Dekor in einem pharaonischen Tempel, den er sich herbeifantasierte, und Ägypten, das er angeblich so gut kannte, war für ihn irgendwann vor fünftausend Jahren stehen geblieben. Kurz bevor ich die Nerven verlor, kam die Angestellte, der das Büro gehörte, und unterbrach unser Gespräch, indem sie den Ägyptologen mit einer Barschheit, die ich nicht verstand, aufforderte, zu gehen. Er befolgte die Anweisung nicht ganz. Er machte nur ein paar Seitenschritte und blieb auf dem Korridor stehen, während er die Frau provokant ansah, die sich an uns vorbei in ihr Büro zwängte. Ich sprach die Angestellte durch die offene Tür hindurch an. Unsere Unterhaltung dauerte kaum eine Minute. Als ich ihr den Grund meiner Anwesenheit nannte, fragte sie mich, ob ich belegen könne, dass ich ein Verwandter des Toten oder von der Familie beauftragt sei. Als ich versuchte darzulegen, wie kompliziert die Sache war, unterbrach sie mich entschieden und bat mich ebenfalls zu gehen. Es blieb mir auch nichts anderes übrig, denn sie schloss mir die Tür vor der Nase.

5

Nayel war ganze sieben Jahre älter als ich. Und, wie man so sagt: Das Schönste an einem Sohn ist dessen Sohn! Er war Badias erster Enkel und mein Cousin mütterlicherseits, und meine Großmutter inspirierte er zu vielen Geschichten – und Tränen.

Seine Mutter war Hilana, ihrerseits die Erstgeborene, aber auch die bemitleidenswerteste unter vier Schwestern, denn sie ging nie zur Schule und konnte weder lesen noch schreiben, was sie damit kompensierte, dass sie zwölf Kinder in die Welt setzte, deren Namen ich überwiegend nicht kenne. Das älteste ging auch nie zur Schule, aber das jüngste machte einen Doktor in Medizin. Das hing auch damit zusammen, dass Hilana zwar formal ungebildet war, sich aber dadurch informierte, dass sie vierundzwanzig Stunden am Tag Radio hörte. Selbst wenn sie schlafen ging, drehte sie das Gerät keinen Tick leiser. Sie hörte fast ausschließlich BBC; etwas seltener, insbesondere im Herbst, stellte sie auch einmal auf Radio Monte Carlo um. Sie konnte selbst nicht erklären, was diese jahreszeitlichen Stimmungsänderungen bei ihr auslöste. Hilana war aber nicht nur eine treue Hörerin, sondern entwickelte mit der Zeit ausgeprägte Meinungen zu allen Themen der internationalen Politik, und diese trug sie vor anderen mit Bestimmtheit vor. Beispielsweise war sie der Meinung, dass es ein grober Fehler war, China wieder in die internationale Gemeinschaft aufzunehmen, wobei sie in wohlklingendem Hocharabisch Sätze wie diesen zum Besten gab: »Die Regierung von Formosa ist die einzige legitime Vertretung des chinesischen Volkes!«

Einer unserer Verwandten wagte es einmal, sie darauf hinzuweisen, dass die Insel gar nicht mehr Formosa heiße. Das machte Hilana so wütend, dass sie zu einer langen Rede ansetzte, in der sie zwar den Namen der Insel nicht erörterte, die Pekinger Regierung aber beschuldigte, die internationale Legitimität herauszufordern. Sie hob drohend einen Finger und rief allen um sie herum zu: »Nicht Taiwan, nicht Macau, sondern einzig und allein Formosa!« Solche Szenen sahen die Dorfbewohner ebenso gerne, wie sie meiner Großmutter beim Geschichtenerzählen zuhörten. Die beiden waren ein überaus erfolgreiches Duo, obgleich sie so unterschiedlich waren. Großmutter Badia war eine Frau vom Land und sprach wie eine typische Oberägypterin, während Hilana wie eine Oxford-Absolventin aus Yorkshire formulierte, die seit Generationen verlässlich die Tories wählt. Meine Tante machte auch gar keinen Hehl aus ihren neoliberalen Ansichten und vertrat die Ansicht, dass Margaret Thatcher die bewundernswerteste Politikerin sei, die die Menschheit je hervorgebracht habe. Das Seltsamste aber war ihre Begründung für diese Überzeugung. Lady Margaret, wie sie sie ehrfurchtsvoll nannte, habe nämlich eine Sorte Eiscreme erfunden, die man mit einer kleinen transportablen und einfach zu installierenden Maschine zubereiten könne, womit sie es kleinen Ladenbesitzern ermöglicht habe, sich selbstständig zu machen und auf dem Markt zu bestehen. (Noch erstaunlicher war, so fand ich heraus, dass das alles fast stimmte!)

Aber Hilana war auch eine Frau der Tat. Sie kaufte sich eine dieser Eiscrememaschinen, die Margaret Thatcher erfunden haben soll, stellte sie vor ihrem Haus auf und verkaufte den Dorfkindern Eis. Es war ein einträgliches Geschäft, bis sich auch alle anderen Ladenbesitzer im Dorf nach und nach ein solches »Margarita« genanntes Gerät zulegten und Hilana kaum noch etwas absetzte. Das hinderte sie jedoch nicht daran, auch weiterhin als die eifrigste Thatcher-Anhängerin im Oberen Niltal, wenn nicht in ganz Ägypten, aufzutreten. Sie verteidigte deren Privatisierungspläne für Sozialwohnungen in Großbritannien ebenso wie die Schließung von Kohleminen in Nordengland und den Falkland-Krieg. Damit lag sie mit meiner Großmutter über Kreuz, die einen Gaskocher »Made in China« hatte und aus Solidarität mit Lateinamerika im Krieg für Argentinien Partei ergriff, denn alle zwei Monate bekam sie von der Landwirtschaftskooperative gefrorenes Fleisch aus Brasilien. Und nur ehrlose

Menschen geben Bande der Freundschaft leicht auf, wie sie zu sagen pflegte. Sie hegte keine besondere Liebe oder Abneigung gegenüber den Engländern, wohl aber einen Groll gegen deren Vieh. Sie meinte, die Engländer hätten den ägyptischen Bauern im Krieg ihr Essen weggenommen und es an ihre Pferde verfüttert, und so seien viele Menschen verhungert. Sie erklärte nie, welchen Krieg sie meinte, aber es muss wohl der Erste Weltkrieg gewesen sein.

Aufgrund der vielen unterschiedlichen Ansichten meiner Großmutter und meiner Tante boten beide, ideologisch bedingt, eine unterschiedliche Version von Nayels Tod. Auch Nayel war, wie unser Großvater, eines Tages nicht mehr zurückgekommen, und seine Leiche wurde nie gefunden. Die Großmutter meinte, die irakische Wüste müsse ihn verschluckt haben oder er habe den Verstand verloren, als er die Explosionen gehört und die Toten gesehen habe, woraufhin er umhergeirrt und von wilden Tieren gefressen worden sei. Hilana dagegen war sich sicher, ihr Sohn habe sich für seine Soldatenkameraden geopfert, indem er vor ihnen hergelaufen sei, um sie vor einem Artilleriegeschoss zu schützen, das auf sie zugeflogen sei. Dieses habe ihn so in Stücke gerissen, dass man ihn nicht mehr habe zusammensetzen können. Die Großmutter blieb dabei, der Enkel sei im saudi-arabischen Hafar al-Batin gefallen, während es seiner Mutter, wie allen kleinen und mittleren Ladenbesitzern, darauf ankam, den korrekten Standpunkt gemäß internationaler Legitimität zum Krieg für die Befreiung Kuwaits einzunehmen, und, noch wichtiger, wie viel sie von der Armee als Entschädigung für den Jungen bekam, und das war ansehnlich im Vergleich dazu, was man damals sonst wo in Ägypten für ihn bezahlt hätte.

Mich interessierte das alles im Detail nicht so sehr, ja tatsächlich störte sich niemand besonders am Schicksal von Nayel, den man mit achtzehn Jahren »von zu Hause in die Sause« geschickt hatte, denn ganz Ägypten war damals damit beschäftigt, sich über die teilweise Streichung von Auslandsschulden zu freuen und den kuwaitischen Schlager *Allahumma la i'tiradh* zu hören, der wirklich gut war. Nur ein Detail an Großmutters Geschichten über Nayel, das sie immer wieder breit erzählte, interessierte mich. Das Lager des Jungen, so wusste sie zu berichten, hätte in der saudischen Wüste direkt neben dem der Amerikaner gelegen, und diese seien ja, so wiederum behauptete die Tante steif und fest, Cousins der Engländer, was wir sehr witzig fanden. Und in jenem Truppenlager der Amerikaner seien auch hübsche und nette blonde Soldatinnen gewesen, mit Tarnanzügen und Schießgewehr. Und diese Blondinen seien des Nachts ins benachbarte Lager geschlichen, um Nayel in der Dunkelheit zu suchen, und wenn sie ihn fanden, überhäuften sie ihn mit Geschenken, Umarmungen und Küssen, weswegen seine Kameraden eifersüchtig auf ihn gewesen seien. Es war kein großes Geheimnis, warum sie sich ausgerechnet zu Nayel so hingezogen fühlten. Bei jedem Kuss flüsterten sie ihm zu: »Du bist ein Christ, hier, nimm einen Keks.« Dann umarmten sie ihn geschwisterlich und sagten: »Du bist ein Christ, komm, nimm ein Glas Milch, du bist ein Christ, iss diese Schokolade!«

Ich musste wie alle anderen Zuhörer über die Geschichte jedes Mal lachen, besonders an der Stelle, wo die Großmutter die Stimmen der Amerikanerinnen nachmachte und sie das Wort *masihi* für Christ mit verdrehter Betonung aussprach. Unser Lachen schmeichelte ihr und ermunterte sie dazu, ihre Zunge ganz besonders zu verbiegen und so kokett wie möglich zu artikulieren, wenn sie die blonden Soldatinnen imitierte. Ihre Darbietung war nicht unbedingt überzeugend, aber ich war noch ein Kind und daher naiv genug zu glauben, dass, sollte mich eines Tages ein Amerikaner oder ein ihnen verwandter Engländer sehen, er mich in die Arme nehmen würde. Und so träumte ich meine ganze Kindheit hindurch von dem Tag, an dem ich ins Land der Kekse und der Schokolade käme, oder wahlweise, dass ihre blonden Frauen eines Tages hierher zu uns kommen würden.

Was Großmutters Geschichten besonders auszeichnete, war ihre Widersprüchlichkeit. Sie vermischte darin Neu und Alt und verschiedenste Zeitebenen, ohne dass sie glaubte, dies begründen zu müssen. Aber so ist das nun einmal, wenn jemand eine solche Begabung hat, Geschichten in Massenproduktion herzustellen. Bei der Episode, wie mein Onkel Tanius übers Meer nach Italien fuhr, kamen die Europäer jedoch weniger gut weg. Großmutters Erzählung zufolge hatte Tanius nichts bei sich als eine in einen vergoldeten Holzrahmen gefasste Ikone der Mutter Gottes, als sein Boot ankam und alle Insassen sich ins Wasser warfen und an die Küste schwammen. Die Ikone hatte ihn auf der Reise vor Gefahren geschützt, aber vielleicht würde sie ihm noch mehr nützen.

Mein Onkel landete in einem kleinen Küstenort, wo er nichts verstand und niemanden kannte, und das Marienbild war sein einziges Kommunikationsmittel. Sobald er einen Fuß an Land gesetzt hatte, lief er los, ohne sich noch einmal umzudrehen. Eine halbe Stunde später stand er in der Stadtmitte auf dem Hauptplatz, ging auf den erstbesten Menschen zu und hielt ihm breit lächelnd mit beiden Händen die Ikone entgegen. Dann deutete er mit einem Finger auf das Bild der Jungfrau und auf sich. Nachdem er die Geste mehrfach wiederholt hatte und klar wurde, dass der Mann auf der Straße nicht verstand, was mein Onkel meinte, bekreuzigte er sich, und als auch das nichts half, krempelte er den nassen Ärmel seines Hemds hoch und zeigte dem Mann das auf seinen Unterarm eintätowierte Kreuz, diesmal, ohne zu lächeln. Der Europäer machte ein verwundertes Gesicht und schob Tanius halb grob und halb mitleidig zur Seite und ging seiner Wege.

Aber mein Onkel gab nicht auf, das kam nicht infrage, denn er war durchnässt und hungrig und todmüde. Er lief über den Platz von einem Menschen zum nächsten und wiederholte jeweils seine Pantomime. Im Kreis laufend, hielt er sich die Ikone über den Kopf wie auf einer Demonstration. Niemand verstand, was er tat, nur eine alte Dame gab ihm etwas Hoffnung, indem sie sich ihrerseits ebenfalls bekreuzigte und das Marienbild küsste. Sie gab ihm sogar eine Münze, von der er nicht wusste, was sie wert war und wo er sie ausgeben konnte. So ging es weiter, bis es dunkel wurde. Er legte sich erschöpft auf die Erde und stellte die Ikone neben sich, und wieder gaben ihm manche Passanten etwas Kleingeld. Ein kleines Kind reichte ihm ein halbes Sandwich, als es seine hungrigen Blicke sah. Gegen Mitternacht kam ein offiziell anmutendes Auto und brachte ihn in eine kleine Kirche, worüber er sich außerordentlich freute. Dort bekam er eine warme Suppe, saubere Kleidung und ein Bett in einem Zimmer, das er sich mit einem anderen Mann teilen musste, einem freundlichen jungen Afghanen. Tanius aber schlief die ganze Nacht nicht und weinte so bitterlich wie nie zuvor, weil man ihn mit einem Muslim zusammen im selben Zimmer untergebracht hatte und ihn genauso behandelte wie jenen. Nichts hatte ihn je so traurig gemacht!

Mehr wusste Badia von Tanius' Geschichte nicht, aber natürlich ging sie weiter. Mein Onkel besuchte mich viele Jahre später einmal in London, um persönlich nachzusehen, ob ich auf meiner Arbeit wirklich auf einem Stuhl sitze, wie ich behauptet hatte, und als er sah, dass ich die Wahrheit gesagt hatte, schüttete er mir sein Herz aus und erzählte mir seine ganze Geschichte. Nicht alle Italiener, berichtete er, seien gänzlich unbeeindruckt von seiner Ikone geblieben. Als er seinen ersten Job in einer Stahlgießerei bekam, luden ihn freundliche Kollegen in einen Buchklub ein, gaben ihm aber zu verstehen, dass die Ikone, die er jeden Tag mit zur Arbeit brachte und die er in der Mittagspause umklammert hielt, ihm dort nichts nützen würde. Es gebe schon genügend Ikonen in ihrem Land und die Leute seien ihrer und derer, die sie aufhängten, überdrüssig, und es sei am besten, er würde sie irgendwo öffentlich zertrümmern, das würde ihm viel mehr Freunde bringen. Das tat mein Onkel natürlich nicht, denn er hatte all diese Gefahren nicht auf sich genommen, um nach Europa zu kommen und dort seinen Glauben zu verleugnen. Tanius stellte die Ikone lediglich zur Seite, wofür ihn seine neuen Freunde lobten. Dann brachten sie ihm Lesen und Schreiben in ihrer Sprache bei und gaben ihm Bücher mit nach Hause. Am Freitagabend ging er mit ihnen Bier trinken, und am Samstag tanzte er mit ihren Töchtern. An diesem Punkt seiner Geschichte flüsterte er mir etwas verlegen zu: »Es waren Kommunisten! Aber Kommunisten sind sehr nett und freundlich zu Ausländern.« Er selbst wurde kein Kommunist, und seine Freunde verlangten dies auch nicht von ihm. Aber als Anfang der achtziger Jahre die großen Streiks in Mailand begannen, stand er seinen Genossen zur Seite. Seine Aufgabe schien einfach zu sein, aber sie war auch gefährlich. Er musste sich mit einer schweren Eisenstange vor eines der Fabriktore stellen und verhindern, dass jemand das Gelände betrat. Am ersten Tag blieb alles ruhig, aber am nächsten Tag brachten die Fabrikbesitzer Arbeiter von außerhalb der Stadt, um sie als Streikbrecher einzusetzen.

Tanius stellte fest, dass sie aussahen wie er selbst und ebenfalls als Bootsflüchtlinge gekommen waren. Es kam zu einem Wortgefecht am Tor, und mein Onkel, damals noch ein kräftiger junger Mann, wurde wütend und schlug einem der Streikbrecher mit der Eisenstange auf den Kopf.

Dieser ging mit einem Schädelbruch zu Boden. Als Tanius das Blut an seinen Händen und auf seiner Kleidung sah, warf er die Stange weg und rannte davon. Tagelang sei er pausenlos gerannt, erzählte er, und als ihn Erschöpfung überkam und er sich setzte, um Luft zu holen, war der Streik vorüber. Mehrere seiner Genossen kamen in Haft, und die Kommunisten in der Stadt und im ganzen Land verschwanden. Dann fand Tanius eine Anstellung in einem Restaurant, das der Ehefrau eines berühmten Mannes gehörte: Silvio Berlusconi. Tanius besaß sogar ein Foto von sich mit den beiden vor ihrer Scheidung und war sehr stolz darauf.

Als ich auf unserer kleinen britischen Insel ankam, hatte ich nicht dasselbe Glück wie Nayel mit den blonden Amerikanerinnen und wie mein Onkel mit den italienischen Kommunisten. Ich hatte auch keinerlei überschwänglichen Empfang erwartet, schließlich hatte mich meine Großmutter schon gewarnt, dass die Nachfahren derer, die das Essen armer ägyptischer Bauern an ihre Tiere verfüttert hätten, bestimmt auch keinen Respekt vor Ikonen haben würden. Im Übrigen hat meine Tante immer gesagt, die Kommunisten seien daran untergegangen, dass Margaret Thatcher die Eiscrememaschine erfunden habe und sich jeder mit günstigen Krediten so eine kaufen konnte. Die Kommunisten verschwanden zeitgleich mit ihren Genossen in Italien. Das habe nur niemand bemerkt, weil alle damit beschäftigt waren, ihre Kredite abzuzahlen und die ehemaligen Sozialwohnungen herzurichten, die sie sich gerade gekauft hatten.

Auch ich wurde hier behandelt wie ein Muslim, aber es war schlimmer, als dass ich, wie mein Onkel, mit einem solchen zusammen in ein Zimmer einquartiert wurde. Auf Flughäfen wurde ich festgehalten wie ein Muslim, durchsucht wie ein Muslim, meine Papiere wurden überprüft wie die eines Muslims, und man stellte mir sogar dieselben unverschämten Fragen wie einem Muslim. Am Flughafen Heathrow sagte ich ihnen einmal ungefragt, dass ich gar kein Muslim sei. Das verstanden sie nicht. Als ich ihnen erklärte, ich sei Christ und es gebe sehr viele von uns in Ägypten, sagten sie in einer Mischung aus Ärger und Verunsicherung: »Genug jetzt, bringen Sie uns bitte nicht durcheinander.« Angst wurde mein Begleiter, und das war belastend, denn schöne junge Frauen in Bars und dunklen Nebenstraßen fürchteten sich vor mir wie vor einem Muslim. Und vor Schulen und in Parks hatten Eltern wegen ihrer Kinder Angst vor mir, als wäre ich ein Muslim.

Aber die meisten Leute hier meinen es nicht so. Sie bestreiten die Tatsache, dass ich kein Muslim bin, nur deshalb, weil es ihre Vorstellung von der Ordnung in der Welt durcheinanderbringt. Ich nehme es ihnen nicht übel, denn die Einteilung der Menschheit in Kategorien hat etwas wahrhaft Geniales, denn jeder, ganz unabhängig von seiner Bildung, kann sie mühelos verstehen. Klare Einteilungen mit klaren Benennungen sind wichtig für ein funktionierendes Leben, und das sollte man nicht über den Haufen werfen, nur um einer einzigen Ausnahme wie mir, oder auch zehn Millionen wie mir, gerecht zu werden.

Deshalb können wir nur annehmen, dass die Leute es nicht so meinen. Mein Nachbar in der Wohnung gegenüber zum Beispiel beglückwünscht mich unbeirrbar und beeindruckend pünktlich zu Beginn jedes Ramadan und zu allen anderen muslimischen Feiertagen. Anfangs sagte ich ihm noch, ich sei kein Muslim, da flüsterte er mir zu: »Das ist doch kein Grund, sich zu schämen!«, und versicherte mir, er würde es niemandem weitersagen. Dann zwinkerte er mir zu, winkte zum Abschied und stammelte: »Salam aleiku, hamdulillah.«

Selbst auf meiner Arbeit, wo man einiges über Religion wusste, waren meine Kollegen immer überrascht bis schockiert, wenn sie mich mit einem Glas Bier in der Hand sahen. »Wir wussten gar nicht, dass du trinkst!«, hieß es jeden Freitag, wenn wir nach Dienstschluss zusammen in der Bar waren. Jeden Freitag, jahrelang, und immer klang ihr Erstaunen gleich frisch und kindlich unverstellt. Und auf Betriebsfeiern, wenn unser schottischer Chef Pizza für die ganze Belegschaft bestellte, ließ er immer eine davon, extra für mich, *halal* belegen. Undankbar, wie ich bin, tauschte ich dann ein paar Stücke von meiner muslimisch zubereiteten Pizza gegen Stücke von Kollegen, die mit Schweinesalami belegt waren, weil ich den Geschmack von Salami mag, auch wenn ich sie nicht oft esse. Und ausnahmslos jedes Mal waren dann wieder alle erstaunt und fragten mich in vollem Ernst: »Ist Schweinefleisch für euch nicht *haram*?«, während mein Chef ganz traurig und geknickt darüber war, dass ich so bedenkenlos sündigte.

Aber steter Tropfen höhlt den Stein, Wiederholung kann Wunder bewirken, und eine seltsame Art von Trotz meinerseits war auch dabei. Jedenfalls begann ich nach einigen Jahren wirklich, im Ramadan zu fasten, und schleichend und ungeplant kam noch manches andere dazu. Zuerst ließ ich mir einen kurzen Bart wachsen, das war damals gerade Mode, und ein oder zwei Monate darauf trank ich keinen Alkohol mehr, weil ich Magenprobleme hatte. Damit nicht genug, ich ging an Freitagabenden gar nicht mehr in die Bar, so sparte ich Geld und wirkte zugleich fromm. Einmal rasierte ich mir versehentlich den Oberlippenbart. Und um Magenübersäuerung zu vermeiden, achtete ich besonders darauf, was ich aß, unabhängig davon, was davon *halal* oder *haram* war. An Wochenenden trug ich nun ein Langhemd, weil es bequem war, und warum sollte ich nicht auch mal auffallen? Außerdem lief ich mit einem Zahnhölzchen im Mund durch die Straßen in meinem Viertel, weil mir meine Zahnärztin geraten hatte, ich solle mein Zahnfleisch besser pflegen.

Alle um mich herum nahmen dies erleichtert wahr, denn nun war ihr Weltbild wiederhergestellt, seien es Beamte der Immigrationsbehörde oder Sicherheitsmitarbeiter am Flughafen. Ganz besonders freute sich mein Nachbar, Polizisten, die mich an Bahnhöfen kontrollierten, hatten ein besseres Gewissen, und auch mein Chef war nicht mehr traurig, wenn er uns Pizza bestellte. Einmal kaufte ich mir eine Kurta für die Hochzeitsfeier eines befreundeten Sikhs, und eine Kollegin sagte mir in aufrichtiger Gottesfurcht, während sie die Pailletten an meinem Hemd betrachtete: »Wunderbar ist diese islamische Kleidung! Wie schön der Islam doch ist!«

Das alles tat ich aus Trotz gegenüber den anderen, nicht für mich, und all diese Verwandlungen erleichterten mir mein Leben nicht, sondern verursachten mir im Gegenteil erwartbare Probleme. Die wirklichen Muslime nämlich akzeptierten mich keinesfalls als einen der ihren, sondern hielten mich für einen Betrüger. Niemand von ihnen nannte mich »Bruder«, wie sie es untereinander taten, wie sehr ich mich auch mühte, mir diesen Titel zu verdienen. Manche von ihnen glaubten gar, ich würde mich über sie lustig machen, zumal wenn ich in besonderem Eifer ein *ma sha Allah!* an das Ende jedes Satzes hängte. Wieder andere betrieben eine regelrechte Kampagne gegen mich. Einer schaffte es, den Betreiber eines Hühnergrills bei mir um die Ecke davon zu überzeugen, dass es gemäß der Scharia *haram* sei, *Halal*-Hähnchen an Nichtmuslime zu verkaufen! Das schmerzte mich dann doch, denn dort waren die Hähnchen besonders lecker, außen knusprig und innen zart, und die Preise waren auch in Ordnung.

Vielleicht ging mir all das gerade durch den Kopf, als ich über den Baumwollmann, den dies überraschte, herfiel, ihn an der Gurgel packte und ihn anschrie. Ich konnte nicht an mich halten, als er mich in gebrochenem Arabisch, voller Stolz und ohne Rücksicht auf meine Gefühle mit »*Salam aleikum*!« begrüßte.

Die Angst in seinen Augen, während er versuchte, meine Hände von seinem Hemdkragen wegzubekommen, brachte mich wieder zur Vernunft. Ich schämte mich, und alle, die sich gerade am Eingang zum Krankenhaus befanden, sahen uns erschreckt an. Wahrscheinlich hielten sie mich für vollkommen verrückt, und sie hatten ja recht. Nicht einmal eine Entschuldigung hätte jetzt ausgereicht. Aber zu erklären, was vorgefallen war, wäre nicht einfacher gewesen, als einer englischen Freundin zu beschreiben, wie Bockshornklee riecht. Am Ende stand meist nur reine Verwirrung.

Also sagte ich, Betroffenheit heischend, indem ich jede Silbe betonte: »Es hatte sich einfach zu viel angestaut.«

Natürlich verstand der Mann nicht, was ich meinte, und starrte mich in Erwartung einer befriedigenderen Antwort an. Ich musste ihm daher erklären, dass Grußformeln gar nicht so unschuldig seien, wie sie klängen. Hinter solchen Phrasen mit ihren oft ganz kurzen und scheinbar neutralen Worten und Präpositionen stünde eine jeweils spezifische Geschichte, wenn nicht schreckliche und erbarmungslose Konflikte. Auch das stellte ihn nicht zufrieden, und er entgegnete sichtlich verärgert: »Das verstehe ich nicht, was meinen Sie damit? Ich wollte nur freundlich zu Ihnen sein!«

Ich meinerseits wollte ihn nun nur noch freundlich loswerden, denn all diese Hintergründe über das Land, aus dem ich kam, würde er ohnehin nicht verstehen, wie sehr er auch glaubte, sich mit pharaonischer Geschichte auszukennen. In Großbritannien ist nichts leichter, als etwas zu deuten oder auch sich zu weigern, es zu verstehen, indem man es zu einem kulturellen Unterschied erklärt, ja man kann sagen, dass die Political Correctness nichts erfolgreicher in die Welt gesetzt hat als »kulturelle Unterschiede«. Ich beschloss, dem Baumwollmann verkürzt zu antworten, oder so schwammig, dass er vielleicht von mir abließe. Mit fester Stimme, die Bedeutungsvolles verhieß, sprach ich, als würde ich ihm eines der großen Geheimnisse des Orients enthüllen: »Die Sache ist recht kompliziert, aber ich kann Ihnen so viel sagen, dass *Salam aleikum* kein Gruß ist, der mir oder dieser Situation angemessen ist.«

Mein Trick hatte nicht funktioniert. Sein Unvermögen, meine scheinbar tiefgründigen Andeutungen zu begreifen, beleidigte ihn nur noch mehr. Er trat einen Schritt zurück, atmete kurz ein und blickte einen Moment lang nachdenklich nach oben, um so, wenig überzeugend, Verständnis vorzuschützen. Dann zog er eine Augenbraue hoch, blickte mich an und sagte: »Selbst wenn es so sein sollte, erklärt das Ihren Wutausbruch nicht.«

Ich weiß nicht, was genau mich dazu veranlasste, diesem Verwirrten die Dinge in allen Details zu erläutern. Wahrscheinlich wollte ich mich nicht dem Verdacht aussetzen, ich sei unzurechnungsfähig, denn Menschen mit etwas dunklerer Haut wie mir wird hier schnell der Vorwurf gemacht, sie seien leicht erregbar und reagierten übertrieben. Deshalb sehen wir uns öfter als andere Menschen dazu gezwungen, auch leichteste Anzeichen von Wut, Trauer, Verzweiflung oder anderer hierzulande verpönter Gefühle erklären zu müssen. Also blendete ich all die Geschichten von meiner Großmutter, meinem Cousin und meinem Onkel aus – so relevant sie waren –, um dem

Eindruck entgegenzuwirken, es gehe hier um etwas Persönliches. Ich beschränkte mich also auf den allgemeinen Teil der Angelegenheit und begann ganz am Ende.

»Nun gut, die Sache ist die: In Ägypten gab es früher eine Vielzahl von Begrüßungen. Es war eine wahrhaft kreative Mischung aus allen möglichen Arten des Austauschs von Grüßen. Morgens sagte man zum Beispiel nicht einfach ›Guten Morgen‹, sondern man hängte dem Tagesanbruch ganze Gattungen von Blumen um und sagte: ›Möge dein Morgen wie Rosen sein‹, oder wie Jasmin und Oleander. Dem Abend gesellte man Süßspeisen bei, zum Beispiel: ›Euer Abend sei wie Honig und Sahne‹! Tagsüber konnte man den Gruß mit Farben bereichern, etwa: ›Dein Tag sei weiß‹, oder grün! Außerdem konnten wir den Tageszeiten ein Genitivobjekt beifügen, das auf einen netten Wunsch hindeutete: ›Einen Morgen des Guten‹, ›einen Abend der Schönheit‹ oder des Glücks! Meistens aber bedienten wir uns natürlicher Phänomene metaphorischer Bedeutung, wie ›Morgen des Lichts‹ oder ›Möge dein Tag voller Frische sein‹! Zuweilen vermischten wir zur Veranschaulichung auch Gegensätzliches, indem wir sagten: ›Einen hellen Abend‹! Immer wieder gab es auch Leute, die neue Grußformeln erfanden, zum Beispiel: ›Einen Morgen voller Nüsse‹! Und der andere gab scherzhaft zurück: ›Einen Tag voller Küsse‹! Man konnte sogar einen ›Morgen des Morgens‹ wünschen, sodass der Morgen den Genitiv sowohl regierte als auch sein Objekt war! Sie sehen: Das ist nicht weniger genial, als Mandeln und Nüsse in einen Gruß einzubauen. Es war eine Kunst, die man von klein auf erlernen musste, und es erforderte Begabung, sie an die jeweilige Situation angepasst zu erwidern. So weit die Kurzfassung.«

Aber nun zeigte sich, dass der Baumwollmann doch nicht so dumm war, wie ich gedacht hatte. Er spielte den Ball an mich zurück, indem er ein interessiertes und auf seinen scharfen Verstand stolzes Gesicht machte und mich missbilligend fragte: »Und was ist mit all diesen Begrüßungen passiert?«

Ich war erleichtert, dass mein grundlegender Gedanke, obgleich er nicht ganz einfach war, bei ihm angekommen war: Grüße haben ein Eigenleben und ein Schicksal. Was jetzt noch zu erklären war, erforderte nicht viel Mühe; ich musste nur noch ein paar historische Ereignisse einflechten, die jeder kennt. Aber ich tat zögerlich und sprach auf eine Weise stockend, die mich nur glaubwürdiger erscheinen ließ.

»So genau weiß ich es auch nicht«, sagte ich. »Es geschah nach und nach. Es muss eine Verschwörung gegen die Begrüßungen gegeben haben, aber ich kann nicht sicher sagen, ob ihr Zweck war, sie alle abzuschaffen, oder nur, sie zu monopolisieren. Es gab Leute, die waren der Meinung, all die vielen Begrüßungen seien Zeitverschwendung und bremsten die Produktivität. Andere meinten, das umständliche Grüßen begünstige Scheinheiligkeit oder behindere die Übermittlung von Informationen. Die Extremsten behaupteten, dass manche Begrüßungsformeln Gotteslästerung seien, denn schließlich gehöre der Morgen Gott allein, und die Grußvielfalt stehe symbolisch für Vielgötterei oder ermutige irgendwie dazu. Von allen Seiten wurde das Grüßen geschmäht, und eine Grußformel nach der anderen wurde in den Schmutz gezogen, bis die Leute ein empörtes oder verärgertes Gesicht machten, wenn sie sie hörten. So wuchsen nach und nach Generationen heran, die die alten Grüße gar nicht mehr kannten, und schon sagten wieder bestimmte Leute, dass das Begrüßen für alle verpflichtend in einheitlicher Weise erfolgen müsse. Wahrscheinlich glaubten sie zu Recht, dass sie, hätten sie erst einmal das morgendliche Begrüßen unter Kontrolle gebracht, wenn die Menschen gerade die Augen öffneten, auch ihr Denken und Fühlen steuern könnten und so Macht über ihren ganzen Tagesablauf und noch mehr bekämen. Und so kam es tatsächlich: Die Menschen verhärteten zusehends. Wer nun noch eine andere als die allgemein verordnete Grußformel sprach, wurde ignoriert und geschnitten, bis er sich eines Besseren besann. Oder man grüßte ihn nach Vorschrift zurück, mit einem Tonfall, der einem Schlag ins Gesicht gleichkam.«

Der Baumwollmann gab seiner Betroffenheit über meinen Bericht überzogen Ausdruck, indem er die Stirn so in Falten legte, dass es nicht mehr zu seinem jungen Gesicht passte und künstlich wirkte. Er sagte: »Es war also ein richtiger Krieg! Das ist ja beängstigend, wenn jeder Gruß zu einem Kampf wird!«

Mir wurde klar, dass es doch nicht so schwierig war, die Zusammenhänge dieser Angelegenheit zu begreifen. Auch in England, und vermutlich überall, ist es wohl so, dass jede Begrüßung und jedes andere Wort Ergebnis einer blutigen Geschichte ist und dass um jede Alltäglichkeit gerungen wird. Nur sind die Menschen hier offenbar ruhiger und führen solche Kämpfe nicht mit demselben Eifer wie wir, oder sie führen sie selektiver. Mit Weisheit hat das nicht unbedingt zu tun, denn hier gibt es dafür wiederum andere, uns unbedeutend scheinende Dinge, in die die Menschen all ihre Energie stecken und die ihnen ausreichend Gelegenheit bieten, ihre Konfliktinstinkte abzureagieren.

»Ganz richtig«, pflichtete ich ihm bei. »Es war ein Gemetzel, dem ganze Grußarten zum Opfer fielen, und Nachbarn, Kollegen und Verwandte wurden zu Feinden. Das Bittere daran ist, dass ein Gruß, der *Salam*, also Frieden wünscht, und der im Namen des Friedens geäußert wird, in Wahrheit zu einem Kriegsruf mutiert ist. Die Menschen teilten sich dabei in zwei Lager: Das eine hielt sich an die islamische Begrüßung, und das andere folgte dem Motto: Gebt Gott, was Gottes ist, nämlich alles Religiöse, und lasst den Menschen ihre Begrüßungen! Dieser Grußbürgerkrieg war schon bald entschieden, jedoch nicht ohne tiefe Narben zu hinterlassen. Denn jedes Mal, wenn wir Unterlegenen *Salam aleikum* sagen oder *Aleikum salam* antworten mussten, schmeckten wir aufs Neue den Geschmack der Niederlage, einfach weil wir nur unter Zwang so grüßten. Und das Schlimmste waren die schadenfrohen Blicke, mit denen uns die Sieger bedachten, wenn wir ihren Gruß aussprachen.«

Der hochgewachsene Mann hatte sich etwas herabgebeugt, um mir zuzuhören, vielleicht auch als ein Ausdruck des Mitgefühls. Dazu blickte er traurig drein und entschuldigte sich mitleidig: »Jetzt verstehe ich. Es tut mir leid. Natürlich wollte ich Sie nicht an dieses Trauma erinnern. Vielleicht brauchen Sie psychologische Hilfe oder so etwas.«

Ich war überrumpelt von so viel Dummheit. Er hatte also letztlich gar nichts verstanden und war nur wieder bei seiner Überzeugung gelandet, dass dunkelhäutige Menschen leicht erregbar seien und behandelt werden müssten. Wir tragen wohl irgendeinen Virus in uns, der ärztliches Handeln erfordert. Am liebsten hätte ich ihm lauthals erklärt, dass er mich einfach, wie jeden anderen Mitmenschen, mit »Hi!« hätte begrüßen können, ohne seine bescheidenen Kenntnisse arabischer Begrüßungen zur Schau zu stellen und damit diese peinliche Situation zu provozieren. Aber wäre ich laut geworden, hätte er seine Ansicht wieder bestätigt gesehen. Also tat ich so, als sei ich seiner Meinung, wenn auch nur, weil mir nichts Besseres einfiel.

»Ich war bereits in Behandlung«, gab ich an, »und meine Therapeutin riet mir, jeden Tag beim Aufstehen das Lied anzuhören, in dem es heißt: *Sabah al-kheir ya dunya, good morning, bonjour.*«

In Wirklichkeit ist das ein ägyptisches Kinderlied, das ich bis heute mag und das ich mir morgens vorsinge, wenn ich bedrückt bin. Aber der Mann begriff nicht, dass ich mich über ihn lustig machte, und fragte mich in einer Mischung aus Interesse und Verständnis, ob meine Behandlung denn etwas gebracht habe. Mir blieb nichts anderes übrig, als ihm zu antworten. Natürlich ist es nicht gerade ehrenhaft, jemanden zum Narren zu halten, der dies nicht einmal bemerkt, zumal wenn der Betreffende in guter Absicht handelt, aber er ließ mir keine andere Wahl. Ich zögerte kurz, nur um ihm dann freudig mitzuteilen: »Die Behandlung hat wahre Wunder bewirkt, mein Freund! Ich bin so gut wie geheilt.«

Fast hätte ich ihm das Liedchen vorgesungen, und schon lag mir seine Fortsetzung auf der Zunge, wo es heißt: *Erwid're unsern Gruß, du Welt, und wünsch' uns einen hellen Morgen!* Aber der Baumwollmann ersparte sich und mir weitere Peinlichkeiten, indem er darauf zurückkam, wie die Krankenhausmitarbeiterin mich so grob aus dem engen Büro geworfen hatte, ohne mich in Kenntnis zu setzen, was aus der Leiche würde, wegen der ich gekommen war. Er geleitete mich aus der Klinik und bot mir Hilfe an: »Ich wollte Ihnen sagen, dass die Leiche morgen beigesetzt wird. Man kann sie nicht länger hierbehalten.«

Er hatte den Satz geflüstert und sah sich besorgt um. Zuerst verstand ich nicht, ob er wirklich Angst hatte, wegen irgendeines Verstoßes aufzufliegen, oder ob er seinen Worten mit diesem Getue nur mehr Bedeutung verleihen wollte. Er fühlte sich wohl etwas zurückgesetzt, als ich ihn fragte, ob er wegen der Bestattung auch ganz sicher sei, denn sogleich sprach er deutlich lauter, sodass eine Frau im Rollstuhl, die das Krankenhaus gerade verließ, ihn ärgerlich ansah. Es sei ja kaum nötig, so laut zu sprechen, sagte ihr Blick.

»Zu hundert Prozent! Es gibt diesbezüglich strenge Regelungen. Mit der Einführung von Kühlanlagen musste man Vorschriften zum zeitlichen Rahmen der Aufbewahrung von Leichnamen in Krankenhäusern und ihrer Bestattung oder Entsorgung erlassen. Wissen Sie, man könnte Tote im Prinzip für immer in Kühlschränken aufbewahren, ohne dass sie verwesen. Das wäre aber unschön, denn es brächte die menschliche Vorstellung von Ewigkeit und Vergänglichkeit durcheinander, und die Lebenden könnten ihre Toten so nur schwer vergessen. Außerdem wäre es sehr kostspielig, und Sie wissen ja, dass die Sparpolitik der Regierung uns in den Krankenhäusern enge Grenzen im Umgang mit Toten wie auch mit Lebenden setzt.«

Trotz des Anflugs von Wahnsinn, der in den Augen des Baumwollmanns aufblitzte, als er über die historische Bedeutung von Kühlanlagen sprach, war da etwas, was mich ihm vertrauen ließ, und dieses Gefühl nahm noch zu, als er meine Frage beantwortete, was mit der Leiche nun geschehen würde. Seine Ausführungen waren so formvollendet, dass ich ihm einfach glauben musste. Da bis zum jetzigen Zeitpunkt niemand Anspruch auf den Leichnam erhoben habe, so erklärte er, sei es nun an der Abteilung für Soziale Dienste, die weiteren Maßnahmen einzuleiten. Diese Abteilung sei zuständig für Personen, die nicht für sich selbst sorgen könnten, seien diese Kinder, Senioren, psychisch Kranke oder eben Tote. Alle Maßnahmen würden im Hinblick auf das Wohl der betroffenen Person und den Gemeinnutz umgesetzt. Letztlich sei es aber eine Frage des zur Verfügung stehenden Budgets. Im Interesse der

Gesellschaft sei es zweifellos, dass Tote möglichst schnell und kostensparend bestattet würden. Was im Interesse des Toten sei, sei leider nicht in Erfahrung zu bringen, man könne aber durchaus annehmen, dass das Gemeinwohl hier mit dem Individualwohl zusammenfalle. Es gebe nur zwei Friedhöfe im Bezirk, in denen es jeweils einen muslimischen Teil gebe, und er, der Baumwollmann, wolle noch im Lauf des Tages in Erfahrung bringen, auf welchen der Tote um welche Uhrzeit gebracht werde. Er versprach mir, mich über alle Details auf dem Laufenden zu halten, nur sollte ich niemand anderem Mitteilung darüber machen. Alles solle bitte unter uns bleiben. Ich verspürte ihm gegenüber nun echte Dankbarkeit und bekam ein schlechtes Gewissen, dass ich ihn zwischenzeitlich geringgeschätzt und Spott mit ihm getrieben hatte.

»Vielen Dank, Sie sind wirklich sehr nett!«, sagte ich. »Verzeihen Sie mir, dass ich etwas grob zu Ihnen war. Ich fand nur Ihr Interesse an allem Pharaonischen ein wenig übertrieben.«

Diesen Versuch, mich zu entschuldigen, nahm er offenbar als Einverständnis meinerseits auf, wieder auf sein Lieblingsthema zurückzukommen, und zu seinem Eifer gesellte sich noch ein theatralischer Tonfall, als er sagte: »So schwer ist das aber auch nicht zu verstehen! Die Vergangenheit ist nun einmal gnädiger als die Gegenwart, und je weiter sie zurückliegt, umso besser. Ich glaube, deswegen haben die Menschen damit begonnen, Geschichte niederzuschreiben. Sie wollten die Leute vom Elend ihres Lebens in der Gegenwart ablenken. Oder fällt Ihnen ein anderer Grund ein, Geschichtsbücher zu lesen? Oder dafür, dass es an Universitäten Fakultäten für Geschichte gibt?«

Der Baumwollmann hatte es geschafft, mich ein weiteres Mal zu verblüffen. Er war also doch nicht blöd. Deshalb wollte ich etwas sagen, das genauso klug klang, und ich machte es meinerseits nicht weniger theatralisch: »Vielleicht ist es mit den Kühlräumen ja so wie mit der Geschichte: Sie konservieren Leichname zu lang. Und wer weiß, vielleicht will man den Menschen damit suggerieren, dass ihnen ein ewiges Leben vergönnt sein kann und dass die Geschichte sie mit einem Gedenken an ihre guten Taten belohnen wird. Oder dass der Tod sie von ihrer Schande reinwaschen wird, sollten sie im Leben gefehlt haben. Die Geschichte ist die Ewigkeit aller Gläubigen und Nichtgläubigen auf der Erde!«

Meine Worte schienen ihn aber nicht zu begeistern; seine Miene drückte eher Missfallen aus. Entweder fand er meinen Gedanken gefährlich tiefgründig oder er war düpiert, weil ich in seinem Spezialgebiet gewildert hatte, den Leichenkühlhäusern. Das alles sprach aus der Art, wie er abwinkte und das Gespräch in andere Bahnen lenkte. Er sagte: »Kann schon sein, aber sagen Sie, kennen Sie das Totenbuch?«

Jetzt wollte er wieder unter Beweis stellen, dass er mehr über mein Land wusste als ich selbst. Ich hatte dieses billige Spielchen zwar mittlerweile satt, aber ich antwortete so, als wüsste ich, wovon er sprach: »Ich habe es früher einmal in Teilen gelesen, aber ich kann mich nicht genau erinnern.«

Mein Versuch hatte nichts gebracht. Mit einem drohenden Blick, den er gar nicht zu verstecken versuchte, fragte er mich: »Wissen Sie auch, dass das Buch noch einen ganz anderen Namen hat?«

Ich beschloss, dass es sinnlos war, dieses kindische Spiel weiterzutreiben. Glückwunsch, er hatte gewonnen! Ich hob die Schultern und sagte kapitulierend: »Ich habe keine Ahnung.«

Erneut flüsterte er und guckte sich dabei um, als würde er mir ein brisantes Geheimnis mitteilen: »*Das Buch vom Heraustreten ans Tageslicht*«.

Davon hatte ich noch nie gehört, aber das war nicht meine Schuld, denn in der Schule war uns so etwas nicht beigebracht worden. Ich dachte, vielleicht meinte er, dass wir nie sicher wissen könnten, wie die Dinge wirklich heißen, oder dass wir uns der Vergangenheit nie ganz gewiss sein könnten. Oder dass es von allem Historischen mehrere Versionen gibt. Ich fragte ihn vorsichtshalber, aber seine Antwort war wieder einmal enttäuschend. Er schien sie jedoch ernst zu meinen.

»Ach, nichts Bestimmtes«, meinte er. »Mir kam nur in den Sinn, dass die alten Ägypter sehr poetisch waren. Oder finden Sie diesen Buchtitel nicht poetisch?«

Sein Gesicht nahm nun wieder einen dämlichen Ausdruck an, fand ich. Ich versuchte so zu tun, als sei ich in Eile, sah auf meine Uhr und sagte desinteressiert und absichtlich knapp: »Gut beobachtet. Ich glaube, ich muss jetzt los.«

So leicht, wie ich mir das vorgestellt hatte, war es jedoch

nicht, ihm zu entfliehen, denn wir hatten noch gar nicht verabredet, wie wir in Kontakt bleiben wollten. Er schlug vor, wir sollten unsere Büronummern austauschen, weil er aus irgendeinem Grund nicht wollte, dass wir uns unsere persönlichen Nummern gaben. Mir war es recht. Das Abspeichern der Nummern hätte vielleicht ein oder zwei Minuten gedauert, denn mein Handy war, um Kayodes Anrufen zu entgehen, seit dem Morgen abgeschaltet. Ich musste also das Abenteuer auf mich nehmen, es in Betrieb zu nehmen, um die Nummer der Kühlabteilung des Krankenhauses einzugeben. Der Mann nutzte die halbe Minute, die es brauchte, mein Telefon hochzufahren, um mich eine weitere halbe Stunde zu befragen und auf mich einzureden. Ich interessierte mich zwar kaum für seinen Redeschwall, aber ich muss sagen, dass er mich mehrfach zum Lachen brachte. Am meisten, als er mich fragte, ob ich wisse, in welcher Gestalt der Sonnengott Ra erschienen sei, als er die Menschen erschuf und das jenseitige Leben auf Erden abbildete. Natürlich hatte ich nicht die geringste Ahnung, und was er mir mitteilte, lag jenseits von allem, was ich hätte erraten können. Ich dachte, Ra wäre vielleicht als Stier oder Adler oder dergleichen erschienen, aber der Baumwollmann klärte mich unter einem Lachanfall auf, der Obergott sei in Gestalt einer Gans gekommen, als er die Welt erschuf. Das wiederholte er mehrfach, offenbar, um sein Lachen aufrechtzuerhalten. Dann beherrschte er sich wieder für einen Moment, um mir zu sagen, die alten Ägypter seien wirklich albern gewesen, und da hatte er natürlich recht.

Mir kam in den Sinn, dass Geschichte insgesamt überwiegend lachhaft und wohl nur dazu da war, dass wir mit uns selbst und dem, was wir haben, zufrieden sind, indem wir in die Vergangenheit schauen. Er unterbrach meine entsprechenden Gedanken und gab mir seine Büronummer. Ich speicherte sie und gab ihm meine Mobilnummer. Alles schien unter uns beiden nun geklärt, und unsere Begegnung neigte sich ihrem Ende zu.

»Wissen Sie, was bei den Pharaonen die schlimmste Beleidigung war?«

Ich hatte ihm meine Hand zum Abschied hingestreckt, und er hielt sie fest, um mir diese letzte Frage zu stellen. Ich schüttelte ein wenig ungeduldig den Kopf, aber es war offensichtlich, dass er gar keine Antwort von mir erwartet hatte. Seine Miene wechselte nun plötzlich ins Ernsthafte, und er erklärte mir, dass die schwerste Schmähung, die man auf alten Papyri gefunden habe, gelautet habe: »Dein Grab ist leer!«

6

Die Engländer sind sehr geschickte Menschen. Beispielsweise sind sie überaus erfolgreiche Verkäufer. Den Chinesen verkauften sie Opium und kauften ihnen dafür Tee ab. Den pflanzten sie dann in Indien an und verkauften den Indern anschließend Tee und Opium. Später galt Tee und vieles andere dann als englisch. Von sich selbst sagen die Engländer, sie seien eine Nation von Ladenbesitzern, was nicht nur korrekt ist, sondern auch auf eine sympathische ironische Bescheidenheit und einen Selbststolz hindeutet, wie er für Händler typisch ist. Den Handel mit Betäubungsmitteln haben sie eingestellt, seit sie vor langer Zeit alle Welt vom Teetrinken überzeugt haben. Da hatte meine Tante Hilana einfach recht. Wenn ihre Nachbarn im Dorf über sie herzogen, weil sie dauernd britische Nachrichten hörte – »Hältst du dich denn für eine Engländerin?« –, brauchte sie gar nicht viel zu erwidern. Sie hob einfach das Teeglas hoch, das sie kaum je absetzte, und sagte: »Das sind wir alle!« Dann zeigte sie schnippisch mit einem Finger auf den Teesatz am Tassenboden. Alle verstanden, was sie meinte, und senkten den Kopf. Meine Tante wusste zudem zu erklären, dass die Engländer nicht deshalb so erfolgreich waren, weil sie den Tee mit hohem Gewinn verkauft hätten, sondern weil sie den Menschen beigebracht hätten, sich etwas zu gönnen, auch wenn sie dafür zuweilen Krieg führten. Genussmittel beruhen auf Ideen, und nichts ist gewinnbringender, als Ideen zu vermarkten.

Wahrscheinlich wusste meine Tante mehr über die Engländer als ich, obwohl ich schon so lange in London lebe, aber ich finde nur selten Gelegenheit, Umgang mit Einheimischen zu pflegen. Und wenn ich doch einmal welche treffe, sind sie ganz anders als die Engländer, die ich aus Büchern oder Filmen kannte. Manche von ihnen können Tee zum Beispiel nicht ausstehen, oder sie haben noch nie von den Opiumkriegen gehört. Man sollte ohnehin nicht so naiv sein zu glauben, dass Filme oder Bücher ein Spiegel der Realität seien, man könnte jedoch erwarten, dass die meisten Leute zumindest ihr Verhalten so anlegen, dass es zu berühmten Filmen und Büchern passt. Hier sind die Engländer, glaube ich, keine Ausnahme, aber mir scheint, dass *A Tale of Two Cities*, das wir in der Gymnasialstufe lesen mussten, schon damals etwas veraltet war. Jedenfalls sind die Engländer – zumindest in den Büchern – sehr intelligent. Wenn sie etwas verkaufen, lassen sie die Kunden ihre Ware erst einmal testen beziehungsweise davon kosten.

Als ich nach Großbritannien kam, interessierte ich mich

als Erstes für die zugleich am schwersten absetzbare und am höchsten geschätzte Ware, die das Land im Angebot hatte. In früher Jugend hatte ich nämlich gelesen, dass man, wolle man Meinungsfreiheit mit eigenen Augen sehen, zum Speakers' Corner im Londoner Hyde Park gehen müsse. An einem Samstagabend kam ich am Flughafen Heathrow an und war am Sonntagmorgen zu einer frühen Uhrzeit schon im Hyde Park. Mir ging es eigentlich nicht so sehr darum, Meinungsfreiheit aus nächster Nähe zu sehen, denn ich wusste – zumindest theoretisch – schon, was das war. Mich interessierte viel mehr, wie diese schlauen Engländer es schafften, noch die abstraktesten Dinge in etwas zu verwandeln, das man ansehen und erleben kann und das auf der Karte als ein Ort verzeichnet ist, an den man gehen kann. Wahrscheinlich ist auch das eines der Geheimnisse ihres Handelserfolgs, dass sie jede Idee in etwas Mess- und Standardisierbares verwandeln, auf dem am Ende ein Preis steht.

Ich irrte zunächst ein wenig umher, denn der Hyde Park ist ziemlich groß, und seine Zugänge führen jeweils in Stadtviertel, die zwar weit voneinander entfernt liegen, sich aber stark ähneln. Wenn ich Leute nach dem Weg fragte, wussten sie nicht genau, wo die Meinungsfreiheit zu finden war, und manche waren ganz überrascht von der Frage. Mir schien, dass Freiheit dort so selbstverständlich war, dass die Leute gar nicht mehr an sie dachten oder sich nicht mehr für sie interessierten.

Erst nachdem ich mindestens eine Stunde lang im Kreis gelaufen war, kam ich am Speakers' Corner an, und es war tatsächlich eine Ecke, aber eine große, und eine Reihe mittelhoher Bäume machte sie schwer einsehbar. Mir gefiel die Idee, dass die Freiheit eine eigene Ecke hatte, denn nichts ist besser als Ordnung.

Von weitem konnte ich schon einige wenige Redner sehen. Die meisten Zuschauer waren asiatische Touristen, die zwischen den Sprechern hin und her liefen, um Fotos zu machen, die aber nicht zuhörten. Als ich nähertrat, stand da ein junger Mann mit einem kleinen Schild, auf dem »Free Hugs« stand, und er umarmte tatsächlich mit Hingabe alle, die kamen und gingen.

Er tat mir ein wenig leid, denn ich dachte, er tue das aus Einsamkeit; eine andere Erklärung hatte ich nicht. Aber er selbst belehrte mich eines Besseren und erklärte, er tue das, um den Menschen etwas Glück zu schenken. Ich trat zu ihm, um ihn besonders innig und warm zu umarmen. Es war meine erste Umarmung in London. Doch der junge Mann zeigte keinerlei Wertschätzung und erwiderte meine Umarmung kurz und mechanisch, nur um sich gleich danach dem nächsten Abnehmer zuzuwenden und ihm mit einem kalten Lächeln dieselbe Behandlung zukommen zu lassen. Mich machte das für einen Moment traurig, aber ich überwand meine Enttäuschung, indem ich es rational betrachtete. Bestimmt war das nicht persönlich von ihm gemeint. Schließlich verteilte er täglich Hunderte von Umarmungen, und das war sicherlich anstrengend. Ansonsten fand ich seine Idee mit dem Verschenken von Glück naiv, denn alles Teure hat nun einmal seinen Preis.

Ich ging ein paar Schritte weiter und blieb bei einem Mann im Rentenalter stehen. Er stand auf einer Holzkiste und hielt eine Bibel in der Hand. Sein Vortrag war etwas verspannt. Er schwang eine Faust in der Luft und schrie unnötig herum. Es nieselte förmlich aus seinem Mund, während er vor Höllenqualen warnte, die den Ungläubigen blühten. Er sagte nichts, was ich nicht schon gehört hatte oder worüber man hätte diskutieren können, denn er wusste ganz genau, wie Gläubige zu sein hatten. Schon nach kaum zwei Minuten war mir langweilig, und ich ging zum nächsten Redner, der nur wenige Meter vom vorigen entfernt war. Auch dieser stand auf einer Kiste und predigte etwas ganz Ähnliches, mit derselben Erregung und derselben feuchten Aussprache, nur dass er einen Koran unter der Achsel trug. Auch er sagte nichts, was ich nicht schon wusste oder was zu einer Debatte taugte, und auch er langweilte mich nach zwei Minuten.

Mit Ausnahme eines jungen Mannes, der mit amerikanischem Akzent sprach und mich fast dazu überredet hätte, nach Venezuela überzusiedeln und dort in einer sozialistischen Kooperative zu leben (was er aber glücklicherweise doch nicht schaffte), hatten alle Redner heilige Bücher bei sich und sprachen in der immer gleichen Weise vom Tod und von den Qualen, die uns danach erwarteten. Keiner schien mir besonderer Aufmerksamkeit wert zu sein außer einem kleinen Schwarzen, der eine Fahne mit einem Davidstern hochhielt. Eine ansehnliche Menge von Zuhörern stand um ihn herum und sprach durcheinander, sodass ich erst nach einigen Minuten verstand, was er sagte.

Er erzählte mit Hingabe die Geschichte von Moses und dem Pharao, er berichtete von jeder einzelnen der zehn Plagen Ägyptens, und sein Vortrag war kurzweilig und mitreißend. Zwar wusste man nicht, worauf der Zorn in seiner Stimme beruhte, aber sonst wirkte er glaubwürdig, und man konnte nur empathisch auf ihn reagieren. Ich stand in der dritten Zuhörerreihe, und als sich unsere Blicke trafen, sah er mich lange an. Dann änderte sich seine Miene plötzlich, und er schrie sein Publikum förmlich an, es sollte sich an die Seite Israels stellen und den Arabern entgegentreten, die Gottes Volk früher versklavt hätten! Darüber hätte ich am liebsten gelacht, aber ich schämte mich, denn über Meinungsfreiheit soll man sich nicht lustig machen.

Ein Zuhörer versuchte ihm dreinzureden, indem er sagte: »Die Pharaonen waren aber keine Araber!«, doch der kleine Mann ließ sich nicht beirren und ignorierte ihn. Stattdessen erging er sich nun in Ausfällen gegen die Araber, weil diese früher Afrikaner gefangen genommen und als Sklaven an die Europäer verkauft hätten. Außerdem hätten sie dies und jenes getan und seien an allem Übel in der Welt schuld. Die Sklaverei in Amerika sei ebenso ihre Schuld gewesen wie die Apartheid in Südafrika, ja er war sich nicht zu fein zu behaupten, die Europäer hätten die Sklaverei erst von den Muslimen erlernt. Wieder unterbrach ihn der Mann von zuvor, diesmal lauter: »Schon die Römer hatten Sklaven, und sie warfen sie den Löwen lebendig zum Fraß vor!« Aber auch diesmal tat der Redner so, als hätte er den Mann nicht gehört. Jetzt war es meine eigene Reaktion, die mich überraschte. Normalerweise bin ich zurückhaltend und vermeide es, in der Öffentlichkeit laut zu sprechen. All der Unsinn, den der Mann mit der Fahne kundgetan hatte, hatte mich nicht erbost, aber dass er andere Meinungen gerade an diesem Ort in solch brüsker Weise überging, war mir zuwider.

Ehe ich es mich versah, schob ich mich durch die zwei ersten Reihen nach vorne und stellte mich direkt vor den Redner. Der unterbrach seinen Vortrag, starrte mir ins Gesicht und harrte dessen, was ich tun würde. Eine schwere Stille lastete einen Moment auf uns, und ich hörte Anspannung in den Atemzügen der Umstehenden. Ich wusste jedoch selbst nicht, warum ich gekommen war und was ich jetzt sagen sollte. Fast hätte ich auf dem Absatz kehrtgemacht und wäre weggelaufen, da fragte mich der Mann schreiend: »Was willst du?«

Mir fiel nichts anderes ein, als ihm etwas stockend entgegenzuhalten: »Es stimmt schon, dass die Araber Schwarze versklavt haben, aber auch Weiße!«

Mir war nicht klar, was mich in diesem Moment dazu gebracht hatte, diesen klugen Gedanken auszusprechen. Ich war stolz auf meine Schlagfertigkeit und setzte, nun etwas selbstsicherer, hinzu: »Die Araber haben auch Weiße gefangen genommen und sie genau wie die Schwarzen verkauft!«

Natürlich war das Unsinn; ich wusste, dass die Versklavung von Schwarzen etwas anderes war als die der Mamluken – die einen hatte man zur Arbeit gezwungen, die anderen brauchte man zum Herrschen. Aber die erste

Lektion, die ich damals in Sachen Meinungsfreiheit aus der Praxis heraus gelernt hatte, war die, dass eine halbe Wahrheit besser war als Schweigen. Ich weiß auch nicht, warum ich glaubte, dass das von mir Gesagte angebracht war, es sei denn insofern, als ein Unrecht, das alle trifft, auf eine gewisse Weise gerecht ist, oder weil Halblügen zuweilen redlicher sind als Halbwahrheiten. Mein Gegenspieler schien gut zu verstehen, worauf ich hinauswollte, auch wenn er meinen Einwurf nicht kommentierte und mich wieder ignorierte. Er trat einen Schritt zurück und setzte dazu an, weiter zu predigen, als sei nichts passiert. Ich bemerkte in seinen Augen lediglich den Schimmer einer Zustimmung zu dem, was ich gesagt hatte, vielleicht auch so etwas wie Schadenfreude darüber, dass es auch weiße Sklaven gegeben hatte.

Ich ging an jenem Tag enttäuscht darüber nach Hause, was aus der Meinungsfreiheit in diesem Land geworden war, und viele Jahre lang dachte ich nicht mehr daran. Ich erwartete schon, dass ich keinen Gedanken mehr an die Freiheit des Wortes verschwenden würde, bis eines Tages etwas wahrhaft Ungewöhnliches geschah. Durch Zufall sah ich auf einem großen Fernsehbildschirm im Schaufenster eines Geschäfts in der Oxford Street, wie die Ägypter in Kairo auf den Tahrir-Platz strömten, und zwei Tage später hörte ich davon, dass es auch in London Leute gab, die vor der ägyptischen Botschaft Solidaritätsdemonstrationen abhielten. Ich beschloss, mich ihnen anzuschließen. Ehrlich gesagt habe ich mich für ägyptische oder sonstige Politik damals überhaupt nicht interessiert, und ich hatte auch Vorbehalte gegen das Wort Solidarität. Ich fand Solidarität überheblich oder im besten Fall einen passiven Versuch, das eigene Gewissen zu beruhigen. Ich tue Dinge normalerweise entweder unter vollem Einsatz, oder ich lasse sie sein. Deshalb tue ich meistens gar nichts. Aber hier sah ich eine Gelegenheit, die ich nicht verstreichen lassen wollte. Endlich konnte ich einmal selbst Meinungsfreiheit praktizieren, wenn auch nur aus Solidarität heraus. Nichts ist schöner, als Dinge um ihrer selbst willen zu tun, ohne weitergehende Absichten. Wie Farid al-Atrash einst sang: *Keine Liebe ist so edel wie die hoffnungslose!*

Als ich zum ersten Mal zur ägyptischen Botschaft ging, standen dort immerhin etwa fünfzig Demonstranten, umgeben von drei Reihen metallener Absperrgitter, die die Polizei aufgestellt hatte. Die Stelle, wo demonstriert wurde, war eine Art Ecke, was mich veranlasste anzunehmen, dass es in diesem Land einen Zusammenhang zwischen Ecken und Meinungsfreiheit gab – nicht unbedingt im juristischen Sinn, aber zumindest aus einer Art Gewohnheit oder ästhetischen Erwägungen heraus. Manche Demonstrierenden riefen mit gewissem Eifer Parolen, andere unterhielten sich leise darüber, was wohl am nächsten Tag passieren würde. In der Nähe von uns standen zwei britische Polizistinnen. Sie lächelten konstant, wenn auch etwas gekünstelt.

Kurz darauf öffnete sich plötzlich die Botschaftstür, und heraus trat ein Mann, offensichtlich ein rangniedriger Angestellter. Er hielt eine Tasse Tee in der Hand und stellte sich abseits des Eingangs, um eine Zigarette zu rauchen. Kurze Zeit herrschte vorsichtiges Schweigen, dann folgte eine ganze Welle von leidenschaftlich hervorgestoßenen Parolen, als der Mann den ersten Rauch ausblies. Der Angestellte schien überrascht zu sein, dass wir da waren, und schaute uns verunsichert an. Immer wieder nahm er einen Schluck Tee und beobachtete uns dazwischen mit kindlicher Neugier. Peinlicherweise muss ich zugeben, dass die plötzliche Erscheinung dieses Mannes und sein anschließendes unauffälliges Verschwinden in der Botschaft, nachdem er seine Zigarette schnell zu Ende geraucht hatte, das Aufregendste war, was an jenem Tag passierte. Die Demonstrierenden waren uneins, was man von dem Mann zu halten hatte. Die meisten Ägypter, die wie ich erst wenige Jahre im Land waren, waren der Meinung, dass man einem solchen kleinen Botschaftsangestellten nichts anlasten konnte. Die anderen aber, unter ihnen Briten und in Großbritannien geborene Ägypter – man erkannte sie an ihrem durchgestreckten Rücken und ihren breiten Schultern, und aus irgendeinem Grund sahen ihre Backen rot und gesund aus –, waren richtig wütend auf ihn. Er hatte seine Zigarette auf den Boden fallen lassen und sie mit dem Schuh ausgetreten, was sie als eine Herabwürdigung des Bildes sahen, das Ägypten auf diese Weise im Ausland abgab. Die beiden Lager gerieten darüber in heftigen Streit, man schrie sich an, und beinahe wäre es zu einem Handgemenge gekommen, wäre nicht eine der beiden Polizistinnen eingeschritten und hätte die Widerstreitenden getrennt.

Ruhe kehrte erst wieder ein, als ein junger Demonstrant aus der Gruppe derer mit den geraden Rücken eines der um die Protestierenden herum aufgebauten Absperrgitter übersprang und mit festen Schritten zum Botschaftsgebäude lief. Er war fast an der Eingangstür angekommen, alle hielten den Atem an, da bückte er sich, hob den Zigarettenstumpf auf und entsorgte ihn im nächsten Abfalleimer. Ein Teil der Menge applaudierte ihm frenetisch, die beiden Polizistinnen sahen sich zufrieden an und lachten.

Ich war nicht weniger enttäuscht als an meinem ersten Tag im Hyde Park, denn plötzlich merkte ich mitten im Demonstrieren, dass Freiheit etwas sehr Langweiliges sein kann. Freiheit zu praktizieren, ohne dass man dabei ein wenig riskiert oder ein Mindestmaß an Konsequenzen befürchten muss, macht keinen Spaß. Ich beneidete meine Landsleute in Ägypten. Die hatten es wenigstens mit Scharfschützen auf Dächern zu tun, Panzer standen in den Straßen, man ritt auf Kamelen in die Demonstranten hinein, F-16-Flugzeuge rasten über sie hinweg und Autos mit Diplomatenkennzeichen überfuhren sie auf Bürgersteigen. Sie erlebten alle Arten von Abenteuern, und jeder konnte auf jede erdenkliche Art zum Helden werden. Aber um nach Kairo zurückzugehen, war ich zu feige.

Aber wie sagt man so schön: Philosophie ist die Tochter der Enttäuschung, und nicht selten geht Weisheit mit Feigheit und Neid einher, und so kam ich auf eine Parole, die genau diese meine Erfahrung tiefsinnig zusammenfasste. Bei einer der Demonstrationen sagte ich sie zu einem, der gerade neben mir stand, und er war sehr angetan davon. Am meisten aber freute mich, dass er sie sogleich laut rief und die anderen sie wiederholten: »Keine Freiheit ohne Repression! Keine Freiheit ohne Repression!«

Noch monatelang wurde an den Wochenenden vor der ägyptischen Botschaft zu verschiedenen Anlässen demonstriert. Ich nahm weder aus Pflichtgefühl noch aus Spaß daran teil, sondern aus Verlegenheit. Mittlerweile hatte ich einige der Organisatoren kennengelernt, sie waren sehr freundlich zu mir, und ich wollte sie nicht enttäuschen. Alle verließen sich nun auf mich, wenn es darum ging, neue kämpferische Parolen zu ersinnen. Schwer war diese Aufgabe nicht zu nennen. Ich mischte einfach Gegensätze, ich nahm so etwas wie »Gerechtigkeit«, »Unrecht« oder »Würde« und setzte ein »kein« vor das positive und ein »ohne« vor das negative Wort. Es gelang immer, die Dinge damit auf den Punkt zu bringen, auch wenn ich manchmal den Verdacht hatte, dass einige der Demonstrierenden die jeweilige Parole nicht recht verstanden und die Wörter versehentlich vertauschten.

Ich ging weiter regelmäßig auf die Demos – bis zum berüchtigten Maspero-Massaker in Kairo. Viele von uns überkam nun das Gefühl, dass es sinnlos war, immer weiter zu demonstrieren, und dass unser Protest sich verbraucht hatte. Würde bedeutet auch zu erkennen, wenn man nichts mehr ausrichten kann. Weiterzumachen hatte auch deshalb keinen Sinn, weil der Botschaftsmitarbeiter während der Kundgebungen nicht mehr zum Rauchen aus dem Gebäude trat. So machte es wirklich keinen Spaß mehr, und auch meine Parolen wurden immer vorhersehbarer und rissen niemanden mehr mit.

Die Wochen vergingen, niemand meiner Mitstreiter vermisste mich, und auch ich vergaß sie. Ich verfolgte nicht einmal mehr, was in Ägypten geschah, weil es mich deprimierte, und mit der Zeit endeten nicht nur die Kundgebungen in London, sondern nach und nach auch die in Ägypten selbst. Statt mich mit solch bedrückenden Dingen zu befassen, nutzte ich meine Wochenenden nun dazu, ins Fitnesszentrum zu gehen.

Das entschädigte mich für meine zweite Enttäuschung im Zusammenhang mit der Meinungsfreiheit, zumal im Eingang zum Fitnessklub ein großes Schild mit der Aufschrift »No pain, no gain!« hing. Der Spruch kam mir bekannt vor. Ich ging zu einem Mitarbeiter, einem hochgewachsenen jungen Mann mit durchtrainierten Muskeln in einem phosphoreszierenden Sportanzug, auf dem vorne drauf »Personal Trainer« stand. Ich fragte ihn, wer das Motto, dass man es ohne Schmerzen zu nichts bringe, erfunden habe. Das wisse er nicht, meinte er, vermutlich ein unbekannter Philosoph. Jedenfalls sei es ein seit langer Zeit sehr verbreiteter Ausspruch, und zuweilen sei es so, dass eine Losung sich so schnell verbreite, dass die Geschichte ihren Urheber vergesse, auch wenn seine Worte ewig lebten. Der Gedanke, dass man Opfer des eigenen Erfolgs werden und sich die eigene Weisheit gegen einen selbst richten kann, gefiel mir. Der muskulöse Mann riet mir noch, man solle alles moderat angehen, den Schmerz ebenso wie den Gewinn. »Und den Erfolg«, ergänzte ich. Er hatte tiefsinnig gesprochen. Sporttrainer sind die wahrhaft weisen Meister unserer Zeit. Sie stählen nicht nur Körper, sondern ordnen auch unseren Geist. Ich fühlte mich ermutigt, ihm von meinen politischen Parolen zu erzählen und davon, wie ich sie ersinne, und er bestätigte mir, dass durchaus eine Beziehung zwischen meinen Demosprüchen und dem Leitspruch des unbekannten Philosophen bestehe. Überhaupt sei Politik im Kern wie Sport, ein Fitnesszentrum sei wie das Leben oder umgekehrt, ich weiß es nicht mehr.

Mit der Zeit wurde mir klar, dass ein Fitnessklub tatsächlich wie Politik war, nur umgekehrt. Wenn ich auf dem Laufband trainierte und auf die sich unter meinen Füßen bewegende Matte blickte, stellte ich mir vor, dass sie eine umgedrehte Panzerkette sei, auf der oder vermittels derer ich renne, und entsprechend erbost trat ich auf sie ein. Was mich zudem ermutigte, regelmäßig zum Training zu gehen, war, dass ich darin einen Ausgleich für das sah, was in der Welt schieflief, eine Art Anti-Logik. Zum Beispiel, dass man etwas hat, worauf man stundenlang herumrennen kann, ohne vorwärtszukommen.

Aber es ging noch weiter. Der entscheidende Moment war der, als ich die wahre Bedeutung eines weiteren Schilds verstand, das auf der nach innen gerichteten Seite jeder Kabinentür der Toilette im Klub hing. Dort hieß es augenzwinkernd: »Jede Kniebeuge zählt«. Anscheinend sollte dieser Spruch dazu motivieren, dass man auch außerhalb des eigentlichen Trainings und nicht nur im Fitnessklub selbst Sport treiben solle. Ich musste jedes Mal lächeln, wenn ich mir dort die Hose herunterließ, um mich auf die Brille zu setzen. Als ich mich jedoch vor etwa zwei Jahren, als ich wegen der Einnahme von Proteinergänzungsmitteln an Verstopfung litt, wieder einmal dort befand und heftig drückte und litt, erschloss sich mir der wahre Sinn des Mottos, der den meisten anderen verborgen blieb.

Jede Kniebeuge zählt, jeder Schritt im Freien, jede Bewegung im Büro oder zu Hause, jeder Atemzug, den man nimmt, jede Kalorie, die wir essen, jedes Ausatmen, jeder Geschlechtsakt, jede Stufe, die wir auf einer Treppe erklimmen, jede Kalorie, die wir bei was auch immer verbrennen, einfach alles zählt im Sinne von »muss gezählt werden«, und zwar sehr sorgfältig und aufrichtig. Wir müssen das Fitnesszentrum in die Welt tragen, es muss Teil jedes Alltagsdetails werden, und so wird die ganze Welt nach und nach eine große Turnhalle. Ich verließ das WC und begab mich in den Gewichtheberaum. Ich sah mich um und stellte fest, dass es viele Menschen wie mich gab. Auf ihren Gesichtern zeichnete sich dieselbe Ohnmacht gegenüber der Welt ab wie bei mir. Wir alle waren in Brüderlichkeit miteinander verbunden, obgleich niemand von uns ein Wort mit dem anderen wechselte. Es war die Brüderlichkeit derer, die ihre Körper stählen und überwinden möchten. Denn wenn alles unerreichbar und sinnlos ist, wenn Panzer Menschen auf der Straße zermalmen, ohne dass wir sie aufhalten können, dann ist das Einzige, worüber wir noch verfügen, dem wir etwas entgegensetzen und zu dem wir hart sein können, unser Körper. Nur diesen können wir noch bezwingen, nur mit diesem können wir Eisen stemmen, dem Hunger und der Begierde standhalten. Außerdem können wir uns etwas auf ihn einbilden, wenn wir vor einem Spiegel stehen, wie sie im Fitnessklub an jeder Wand angebracht waren. Diese Gedanken erfüllten mich mit großer Selbstzufriedenheit und einem Gefühl, dass ich meine Zeit zweckmäßig verbringe. Man muss für das eigene Leben keinen Sinn finden, das ist ohnehin fast unmöglich. Viel praktischer ist es, das Leben dem richtigen Gebrauch zuzuführen, und das tat ich!

Als ich mit dem Baumwollmann fertig war und das Krankenhaus verlassen hatte, war ich noch eine Weile ziellos durch Whitechapel gelaufen. Ich spazierte über den Markt an der U-Bahn-Station. Die braunen Gesichter der Menschen wirkten vertrauenerweckend. Der Lärm an den Gemüseständen, darum herumstehende verschleierte Frauen, der Geruch von Curry, Fischkisten mit Eis drauf, umherschwirrende Fliegen, all das war mir zugleich fremd und zutiefst vertraut, als käme es aus einem Traum, an den man sich nur halb erinnert und dessen anderer Teil ein Geheimnis bleibt, das einem bis in den Tag hinein nachhängt. Mein Blick traf sich mit dem eines alten Mannes, dessen Bart knallorange mit Henna gefärbt war und der, so schien es mir zumindest, Bengale war. Ich lächelte ihn an und nickte einen Gruß. Er lächelte reserviert zurück und grüßte mich mit ernster Stimme: »Salam aleikum, Brother!« Das freute mich zwar, aber mein Behagen verflog bereits nach wenigen Schritten.

Meine Füße hatten mich gerade an die »Whitechapel-

Moschee« geführt, wo ich auf mein Mobiltelefon sah und auf dem Bildschirm Dutzende Nachrichten von Kayode vorfand, alle mit dem gleichen Inhalt. Ich musste mich der Sache nun stellen und rief ihn zurück. Wie ich erwartet hatte, überbrachte er mir schlechte Nachrichten und bat mich um ein sofortiges Treffen. Kayodes Stimme klang so geknickt, als verkündete er mir das Ende der Welt. Ich erwiderte, dass ich krankgeschrieben sei und ihn zumindest nicht in der Nähe der Arbeit treffen könne, denn dort könnten mich Kollegen sehen. Wir könnten uns aber nach Feierabend irgendwo anders treffen. Er solle selbst wählen, wo und wann. Kayode entschied sich für das Royal Greenwich Observatory um achtzehn Uhr.

Ich freute mich, dass er Greenwich vorschlug, denn von meiner Wohnung brauchte ich dorthin mit dem Fahrrad nur zwanzig Minuten. Das war weder weit noch anstrengend, und trotzdem würde ich hin und zurück jeweils einhundertfünfzig Kalorien verbrennen. Dreihundert Kalorien waren zwei Dosen Thunfisch, also vierzig Gramm Protein, der Tagesbedarf eines durchschnittlichen Mannes. Automatisch rechnete ich all das im Kopf durch und dachte erleichtert darüber nach, dass jede Kniebeuge zählt und dass es nicht viel braucht, um glücklich zu sein. Nicht zum ersten Mal nahm ich solche Kalkulationen vor, das hatte ich schon Hunderte Male getan. Niemand kannte den Stadtteil Brockley, wo ich wohnte, oder hatte auch nur davon gehört, und immer erzählte ich stolz, dass ich nur zwanzig Minuten von Greenwich entfernt wohne, von jener heiligen Linie, die die Welt in Osten und Westen teilt, vom Nullmeridian, nach dem die Welt die Uhren stellt. Zwanzig Minuten nur waren es von mir zu Hause zum Mittelpunkt der Welt und zu meiner Lieblingsstelle für Treffen und Spaziergänge. Und immer, wenn ich nach Greenwich fuhr, berechnete ich, wie viele Kalorien ich dabei verbrauchen würde, und freute mich.

Die heiße Julisonne stand noch immer hoch am Himmel, als ich aufs Fahrrad wechselte, und ich lächelte über die albernen Ideen, mit denen ich mir hin und wieder die Zeit vertrieb. Ich wohnte noch immer im östlichen Teil der Welt, selbst hier in London. Ich war den ganzen weiten Weg von Kairo hierhergekommen, aber dem Orient zu entfliehen war mir nicht gelungen. Der Osten ist nun einmal der Osten, und der Westen wird immer der Westen bleiben. Wohl deshalb brannte die Sonne hier in den wenigen Sommerwochen auf uns nieder wie ein Höllenfeuer.

Aber der Trick, mit dem ich mich davon ablenken wollte, was Kayode mir berichtet hatte, funktionierte nur wenige Minuten. Schon überkamen mich bedrückende Gedanken. Frau A.s verkohlte Leiche war in ihrem Zimmer in der Nacht desselben Tages gefunden worden, an dem wir sie besucht hatten. Der Brand habe, so hatte Kayode es mir in dem kurzen Telefonat geschildert, seinen Ausgang in ihrem Zimmer genommen und das gesamte Kellergeschoss zerstört, mehrere Verletzte würden in Krankenhäusern behandelt. Das Heim sei polizeilich geschlossen und die Bewohner in andere Notunterkünfte verlegt worden. Ermittlungen hätten begonnen, und schon bald würde die

Presse die Geschichte breittreten. Wer weiß, was da noch auf uns zukäme! Kayode war sich sicher, dass die Frau nach unserem Besuch Selbstmord begangen habe, und wenn wir da hineingezogen würden, würden die Ermittlungen auch uns betreffen, und das sei dann unser Ende. Wir seien ideale Opfer, zwei kleine Angestellte, die sich prima als Sündenböcke eigneten. So bräuchte niemand mehr ein schlechtes Gewissen zu haben, und alles wäre wieder wie zuvor.

Ich wusste nur nicht, was Kayode durch den Kopf ging und warum er sich so dringend mit mir treffen wollte, denn viel tun konnten wir nicht. Der lebhafte Straßenverkehr auf der Strecke nach Greenwich ließ mir nicht viel Raum, darüber nachzudenken. Es war halb sechs, die Phase des heftigsten Berufsverkehrs. Ich war einige Minuten vor der vollen Stunde da, sodass ich genügend Zeit hatte, einen Platz zu suchen, um das Fahrrad anzuschließen. Ich wollte unbedingt eine gut einsehbare Stelle, an der ich mit zwei Schlössern sowohl das Vorder- als auch das Hinterrad sichern konnte. In London wurden überall Fahrräder gestohlen, und man hatte ein Rad immer nur zwei oder drei Monate, bis es weg war. Seit den Jahren der Sparpolitik fühlte sich kein Fahrradbesitzer mehr sicher.

Ich fand einen Platz in kurzer Entfernung zum Observatorium, stellte das Rad ab und lief ein Stück am Fluss entlang. Das Gedränge störte mich ein wenig. Der ganze Park war voll mit Familien mit Kindern, die an diesem sonnigen Tag für einen Spaziergang gekommen waren. Am Observatorium stand Kayode und wartete auf mich.

Wie üblich lächelte er. Ich winkte ihm von weitem zu, aber er schien mich noch nicht gesehen zu haben, denn die Sonne blendete ihn. Als er mich erkannte, breitete er, wie es seine Art war, seine Arme aus. Er zog mich sehnsüchtig an sich, umarmte mich und klopfte mir dann wie immer kräftig auf die Schulter.

»Wie geht's, Lieblingsmensch?«, fragte er.

Er ließ mir keine Chance zu antworten und packte mich stattdessen so fest an der Hand, als wollte er sie zerquetschen. Er zerrte mich hinter sich her zum Eingang des Observatoriums, dann lief er wortlos einige Schritte nach rechts und anschließend gemessenen Schrittes wieder nach links. Immer noch zog er mich hinter sich her, wenn auch jetzt sanfter, und ich ergab mich meinem Schicksal. Er blieb kurz stehen, als versuchte er, sich an etwas zu erinnern, und schaute zu Boden, wo er etwas zu erkennen versuchte. Kurz darauf entspannten sich seine Gesichtszüge, und seine Augen glänzten wie bei jemandem, der endlich gefunden hatte, was er gesucht hatte. Jetzt richtete er sich auf und stellte die Füße in V-Form in großem Abstand nebeneinander. Es war nicht schwer zu erraten, worauf er hinauswollte, aber es passte in dieser kindischen Art weder zur Situation noch zu einem Mann seines Alters.

»Weißt du, warum ich dich hier treffen wollte? Weil man hier einen Fuß in den Osten und einen in den Westen der Welt stellen kann. Mein einer Fuß steht östlich des Nullmeridians und der andere westlich davon. London bildet sich viel auf sich ein, und seine Mächtigen glaubten, sie seien der Mittelpunkt der Welt, deshalb haben sie die Welt und den Himmel hier geteilt. Überheblicher kann man nicht sein. Aber uns geht das nichts an, denn wie du weißt, stehen du und ich und Leute wie wir immer in der Mitte. Wir sind weder hier noch dort.«

Ich hatte schon erwartet, dass Kayode wieder zu einer seiner großen Theorien ansetzen würde, aber ich war nicht in Stimmung dafür. Es war mir einfach zu heiß dafür, herumzuphilosophieren.

»Hast du mich hierhergebracht, um mir den Meridian zu zeigen?«

Kayode reagierte auf meine spöttische Frage mit einer faltigen Stirn, die jedoch gleich wieder seinem geduldigen Lächeln wich.

»Nein, nein«, sagte er. »Ich wusste nur, dass es nicht weit von dir ist. Außerdem gefällt es mir hier, und ich dachte, das wäre doch ein schöner Treffpunkt. Stell dir vor, das war der erste Ort in London, den ich besucht habe, als ich vor dreißig Jahren hier ankam. Wusstest du, dass ich in Lagos Geografie studiert habe? Das Einzige, was ich in London sehen wollte, war die schmale Linie, an der die Zeit verschwindet und die Minuten versickern. Ich kam als junger Mann hierher, betrachtete die goldfarbene Linie von Greenwich auf dem Boden des Observatoriums und sah die Zeit zu beiden Seiten davon hilflos daliegen. Ich war stolz und traurig zugleich.«

In Kayodes Stimme klang eine ehrliche Rührung durch, die ich mir nicht erklären konnte. Das machte mich ein wenig verlegen, und ich dachte, es wäre nett, wenn auch ich ein paar Erinnerungen mit ihm teile, um Gleichheit zwischen uns herzustellen.

»Ich verstehe das. Als ich hierherkam, ging ich als Erstes zum Speakers' Corner im Hyde Park, weil ich diesen Ort unbedingt sehen wollte, und es war furchtbar enttäuschend.«

Er schien mich nicht gehört zu haben, denn er starrte ins Leere, und es herrschte Schweigen, bis er sich an mich wandte und bedauernd sagte: »Der Speakers' Corner! Da war ich noch nie! Komm, lass uns ein wenig im Gras sitzen.«

Kayode zog mich am Arm weg vom Königlichen Observatorium, und wir liefen durch den daran anschließenden Park, bis er eine Stelle unter einem Baum mit breiter Krone wählte. Er schlug vor, wir sollten uns dahin setzen, wo Sonne und Schatten sich treffen, um so, erklärte er lachend, unsere Situation des »Weder hier noch da« auszudrücken. Ich hatte nichts dagegen. Er legte die Umhängetasche, die er dabeihatte, ins Gras und setzte sich darauf, um seine Hose nicht zu beschmutzen. Dann wandte er sich mir zu, und seine Miene war so ernst, wie ich es bei ihm nie zuvor erlebt hatte.

»Lass uns auf den Punkt kommen«, begann er zu sprechen. »Die Frau hat sich umgebracht, und wenn wir beide irgendwo dazu vorgeladen werden, wird man zweifellos am Ende behaupten, dass Frau A. während ihres Gesprächs mit uns suizidale Neigungen hat erkennen lassen. Entsprechend hätten wir sofort Maßnahmen dagegen einleiten müssen. Es ist nicht einmal ausgeschlossen, dass man uns beschuldigen wird, dass das, was wir ihr in Bezug auf den Test und die Resultate gesagt haben, sie mit dazu veranlasst habe, sich das Leben zu nehmen. So oder so werden sie das Ganze uns anlasten. Die mindeste Konsequenz wird sein, dass wir unsere Jobs verlieren, und wir werden kaum noch jemanden finden, der uns anstellen will. Und im schlimmsten Fall werden wir strafrechtlich der schweren Fahrlässigkeit beschuldigt, was eine Gefängnisstrafe nach sich ziehen kann. Die Dauer richtet sich nach –«

Er sprach so fließend und ruhig, dass mich ein leichter Schauder überkam und mir kalter Schweiß von der Stirn tropfte.

»Und was sollen wir jetzt tun?«, unterbrach ich ihn.

Kayode bemerkte die Panik in meiner Stimme, aber das schien ihm zu gefallen, denn genau das hatte er bezweckt. Er fuhr genauso flüssig wie zuvor fort: »Keine Sorge, so kompliziert, wie sie aussieht, ist die Sache trotz alledem nicht. Wir könnten den Namen der Frau aus der Registratur nehmen und alle Spuren mit Bezug zu ihr aus dem System löschen. Wir tun einfach so, als hätte es sie nie gegeben. Dann werden wir auch nicht Teil irgendwelcher Ermittlungen.«

Ich dachte einen Moment lang, er würde scherzen, aber seine Stimme und seine Miene waren völlig ernst. Also vermutete ich, er hätte vor Angst seinen Verstand verloren.

»Wie bitte? Die Frau ist in hundert Datenbanken registriert! Bei Dutzenden Behörden, angefangen von

Nervenkliniken über Gefängnisse bis hin zur Sozialwohnungsverwaltung, dem Sozialdienst, der Arbeitslosenversicherung und bei ihrem Hausarzt. Außerdem hat sie einen Sohn und eine Familie, und es gibt eine verbrannte Leiche. Wie willst du das alles wegbekommen?«

Kayode lächelte wieder. Er legte mir zur Beruhigung eine Hand auf die Schulter, was mich ärgerte. Höflich, aber entschlossen schob ich sie weg.

»Hör zu. Leute wie diese Frau haben außerhalb von Datenbanken und unseres Karteisystems kein Leben. Du hast mich nicht gut verstanden. Ich will natürlich nicht behaupten, dass sie nie gelebt hat. Das geht nicht, aber das ist auch nicht wichtig. Ich will nur jede Spur von ihr löschen, die zu uns führt. Wir löschen einfach den Eintrag, dass wir sie besucht haben.«

Kurz dachte ich, dass das funktionieren könnte, aber dann überkam mich wieder Panik, denn wenn das herauskam, stände es noch schlimmer um uns, weil wir uns so der Fälschung schuldig gemacht hätten. Trotz meiner Zweifel fragte ich ihn in scheinbarem Einvernehmen: »Und wie willst du das anstellen? Was ist, wenn alles rauskommt?«

Jetzt wurde Kayodes Lächeln richtig breit. Er lehnte sich selbstsicher etwas nach hinten, und es sah so aus, als hätte er auf all diese Fragen nur gewartet, während ich komplett unvorbereitet war. Offensichtlich war er zufrieden damit, wie er mich auf seine Seite gezogen hatte.

»Es ist doch ganz einfach, mein Freund«, erklärte er. »Was über die Frau dokumentiert ist, liegt bei uns. Wir haben die Berichte geschrieben, und wir verwalten sie.

Wir unterschreiben sie mit unseren Namen, und was darin steht, ist von uns, nicht von Frau A. oder ihresgleichen verfasst. Selbst wenn wir aufschreiben, was die Klienten sagen, formulieren *wir* es, es ist *unsere* Handschrift, und wir nutzen die Vokabeln und den Ton, den *wir* für passend erachten. Diese Aufzeichnungen sind zu nicht mehr und nicht weniger als zu unserem Schutz da. Wir stehen zwar am unteren Ende der Verwaltungshierarchie, aber auch wir haben ein klein wenig Macht. Und die dürfen wir ruhig ein einziges Mal zum Eigenschutz einsetzen.«

Ich war erkennbar angewidert von dem, was Kayode sagte. Es entsprach zwar den Tatsachen, aber das hieß nicht, dass wir uns damit gemeinmachen sollten.

»Was du da sagst, Kayode, gehört sich nicht, und das weißt du.« Ich sprach ihn direkt an.

Zum ersten Mal, seit ich ihm begegnet war, sah ich Wut in seinem Gesicht. Vielleicht war es aber auch Panik. Er bettelte mich förmlich an: »Hör mal, ich habe drei Kinder, der Jüngste geht noch zur Grundschule, und ich muss einen Kredit abbezahlen. Nach Nigeria kann ich auch nicht zurück. Weder du noch ich haben in unserem Leben bisher etwas erreicht. Was uns und viele andere hierbleiben lässt, ist die Schande, die uns erwarten würde, wenn wir mit leeren Händen dorthin zurückgingen, wo wir hergekommen sind. Mir bleibt nur noch, mich dort später als Rentner in die Sonne zu setzen, und ein Haus mit Swimmingpool wird das Einzige sein, was mich für die verlorenen Jahre des Wartens entschädigen wird. Diese arme Frau A. hatte ein wahrhaft elendes Leben, aber daran sind wir beide nicht schuld. Es hat auch niemanden interessiert. Ihr eigener Sohn hat dafür gesorgt, dass sie ins Gefängnis kam. Und unseren Vorgesetzten sind solche Leute auch erst dann nicht mehr egal, wenn diese verkohlte Leichen sind. Dann schwärmen die Chefs aus und suchen nach jemandem, der dafür bezahlt. Und der möchte ich nicht sein, und du auch nicht.«

Alles, was er sagte, stimmte. Aber es war deshalb trotzdem nicht in Ordnung, denn die Wahrheit ist nicht unbedingt gerecht. Und doch ging ich Kayode immer weiter in die Falle.

»Unseren Besuch könnte ich aus dem System löschen, wie du sagst. Aber wir würden trotzdem auffliegen. Die Wahrheit kommt am Ende immer ans Licht«, hielt ich dagegen.

Kayode hatte noch einen letzten Trumpf im Ärmel und nahm all seine Energie zusammen, um eine Entscheidung in seinem Sinn herbeizuführen, und sagte: »Wahrheit ist das, was man verabredet. Sie ist das, worauf man sich zugunsten des Allgemeinwohls einigt. Wie wir soeben gesehen haben, gibt es weder im Observatorium noch darum herum eine Linie. Trotzdem glauben alle daran, jeder Punkt auf Erden und im Himmel wird in seinem Bezug zur Greenwich-Linie gemessen, und die ganze Welt stellt ihre Uhren nach ihr. Den Nullmeridian gibt es nicht, und doch ist er real, einfach weil irgendwelche Leute abgesprochen haben, dass es ihn gibt.«

Ich hatte genug von seinen Spitzfindigkeiten, und mich ärgerte, wie selbstgefällig er daherredete.

»Kayode! Die Linie geht nicht rein zufällig durch das Observatorium der Marineakademie, sondern weil aus dieser große Admirale hervorgingen und weil Großbritannien von hier aus die Weltmeere beherrscht hat. Der Nullmeridian verläuft nicht deswegen hier, weil sich irgendwelche Leute darauf verständigt haben, wie du sagst, sondern weil die einen Leute größere Kanonen hatten als die anderen und sie ihnen deshalb aufzwingen konnten, was sie wollten.«

Seine Gesichtszüge ermatteten, er schien sich geschlagen zu geben. Es verging eine Minute des Schweigens, die mir Angst machte. Vielleicht könnte sein Plan ja funktionieren, dachte ich. Er müsste nur besser vorbereitet werden. Ich atmete erleichtert auf, als er wieder zu sprechen begann.

»Du hast recht. Vergessen wir den Nullmeridian für einen Moment. Ich möchte dir ein paar Dinge erzählen, die du nicht weißt. Ich hoffe, du bringst die Geduld dafür auf. Als ich in dieses Land kam, dachte ich, ich könnte als Geograf arbeiten, was natürlich nicht passierte. Die einzige Stelle, die ich nach monatelanger Suche fand, war eine als Pfleger in einem Wohnheim für psychisch Kranke am Ende von London im südlichen Bromley. Hunderte, wenn nicht Tausende von Menschen lebten dort in sogenannten Schutzhäusern. Sie kamen dort zur Welt und heirateten und starben dort. Es war ein wahres Ghetto, in dem in einer Art Apartheid psychisch Kranke mit Alkoholabhängigen, Kleinkriminellen und Obdachlosen lebten, die keine Kraft zum Betteln mehr hatten. Anfangs verstand ich nicht, warum alle Pfleger dunkelhäutige Migranten waren. Ich verstand es erst, als es einmal eine Revolte gab und wir das tun mussten, womit andere sich nicht gern die Hände schmutzig gemacht hätten. Es gab Geschrei und Schläge und Knochenbrüche. Als Thatcher die Schutzhäuser schließen ließ und die Bewohner ausziehen mussten, begann das sogenannte ›Fürsorge in der Gesellschaft‹-Programm, und wir wurden dazu ausersehen, uns weiter um die Menschen zu kümmern. Wir wussten, dass der Kampf sich nun nach außerhalb des Ghettos verlagern würde, auf die Straßen, in die Häuser, wo die Gewalt unsichtbar wurde. Du und ich, wir sind da, weil auf dem Grund der Gesellschaft ein Chaos herrscht, mit dem die Herrschaften weiter oben sich nicht befassen möchten. Wir sollen es aufräumen und selbst sehen, wie wir damit klarkommen. Wer oben ist, interessiert sich nicht für das, was unten vorgeht. Wenn sich da eine oder mehrere Frauen das Leben nehmen, ist das gleich, schließlich gibt es bei jedem Kampf Kollateralschäden, und solange alles bemäntelt wird und niemand Krach schlägt, schert sich kein Mensch darum. Glaub mir, alle werden zufrieden sein, wenn diese Akte geschlossen wird. Und wir können die Sache in unserem Sinne abschließen.«

So endete an jenem Abend unser Gespräch. Ich verabschiedete mich von Kayode mit dem Versprechen, nachzudenken und mich am nächsten Morgen wieder bei ihm zu melden. Er lief zur U-Bahn-Station, ich lief allein an der Themse entlang, und als ich an die Stelle kam, wo ich mein Fahrrad angeschlossen hatte, schwand mein Glauben daran, all die Kämpfe ganz unten je beenden zu können. Die Schlösser lagen aufgebrochen auf der Erde, und wo mein Fahrrad gestanden hatte, klaffte eine Lücke.

7

Adam war vier Jahre älter als ich, aber heute sind wir gleich alt, und täglich werde ich einen Tag älter als er! Eines Nachts, er war damals vierzig, blieb für ihn die Zeit unwiderruflich stehen. Meine Freundin Ziang Hu nahm gerade ein Bad, als er mich über Facebook ein letztes Mal anschrieb. Ob ich einen Moment für ein Gespräch hätte, fragte er, er müsse etwas loswerden. Wir waren nie Freunde gewesen, als ich noch in Kairo war. Unser Verhältnis war angespannt, und wir tauschten eher Bosheiten aus als Komplimente, wenn sich einmal eine seltene Gelegenheit dafür bot. Es hätte eine Feindschaft werden können, denn damals gab mir jede Fehde mit wem auch immer dazu Anlass, an der ganzen Welt zu zweifeln und mich an ihr zu rächen. Als er wenige Monate vor meiner Abreise heiratete, lud er mich nicht zur Hochzeit ein, und ich nahm danach jahrelang keinen Kontakt zu ihm auf.

Ich weiß nicht mehr wie, jedenfalls waren wir irgendwann trotzdem Freunde auf Facebook geworden, was ihn wohl ein wenig Überwindung gekostet haben muss. Aber man weiß nie, was die Zeit aus den Menschen macht und welche Überraschungen Facebook für einen bereithält. Ich jedenfalls konnte ihn auf diese Weise aus der Ferne beobachten und sah seine Kinder auf von ihm geposteten Bildern aufwachsen. Mit seinen Falten wuchs seine Milde. Die Bilder belegten zugleich, wie seine Ehe langsam scheiterte, denn im Laufe der Jahre lächelte seine Frau darauf immer weniger. Er seinerseits zählte meine grauen Haare, die auf jedem meiner Fotos mehr wurden, und als ich einmal in Kairo zu Besuch war, teilte er mir mit, dass ich wie ein alter Mann aussähe. Zudem riet er mir bei solchen Besuchen, ich solle mich farbiger kleiden, so grell wie er selbst, denn so bleibe man jung und lebe länger. Je öfter er mir über Messenger schrieb, desto klarer wurde mir, dass all die Härte, die er mir gegenüber früher gepflegt hatte, nichts anderes gewesen war als die Kinderei eines ängstlichen, einsamen Jungen, der vor seiner eigenen Unsicherheit zu flüchten versucht hatte. Jetzt hatten wir endlich genug Abstand voneinander, um uns über Facebook anzufreunden. Hier im Reich des weißen F auf blauem Grund, wo man zeigen und verbergen kann, was man möchte, fiel es auch mir leicht, unsere alte Abneigung zu überwinden und einer Gewogenheit Platz zu machen. Wir öffneten uns einander furchtlos, und Adam wurde zu einer meiner letzten Verbindungen nach Kairo und in meine dortige Vergangenheit. Als er sich scheiden ließ, sprachen wir täglich miteinander, zum Teil mehrfach am

Tag, und ich sah ihn im Videocall vor Schluchzen beben wie ein zitterndes Kind. Als er nun wieder einmal um ein Gespräch auf Skype bat, wusste ich, dass er erneut weinen würde und er mich zu einem Zeugen einer weiteren Niederlage im Kampf gegen das Leben machen wollte. Nur dass ich dazu keine Zeit hatte.

»Aus Taiwan?«, fragte er mich. »Wo hast du die denn kennengelernt?«

Ich weiß selbst nicht mehr, wie wir uns kennengelernt hatten. Vielleicht übers Internet oder über gemeinsame Freunde. Einmal zitierte ich in ihrem Beisein, was meine Tante über Formosa immer gesagt hatte, und das genügte, dass Olivia sich fast in Ohnmacht lachte. Sie gab mir ihre Telefonnummer und sagte: »Deine Tante ist herrlich verrückt.«

Sie hieß Olivia und Ziang Hu. Der erste Name war dazu da, dass er Weißen gefiel und sie ihn aussprechen und sich merken konnten, weswegen er auch in ihrem Pass stand. Auf Reisen konnte sie sich hinter diesem Namen verstecken und so tun, als sei sie eine Westlerin. Der zweite Name war ihr echter, den sie in London niemandem nannte. »Du musst doch auch einen chinesischen Namen haben«, sagte ich zu ihr, und nannte sie fortan bei diesem. Dafür liebte sie mich, und nach unserer zweiten Begegnung kam sie zum ersten Mal mit zu mir nach Hause.

»Und, sind die Chinesinnen untenrum wirklich so eng, wie man sagt?«

Adams Frage beruhte auf kindlicher Neugier, aber zugleich lachte er darüber, dass er sich so eine Frechheit herausnahm. Seine Laune war sogleich besser, ich musste ihn aber auch enttäuschen. Nein, es stimmte nicht, was man sich diesbezüglich so sagte, wie auch viele andere Gerüchte über Frauen Unsinn waren.

»Na gut, und die chinesischen Männer? Hast du sie mal gefragt, ob die wirklich so kleine Schniepel haben?«

Das hatte ich sie tatsächlich einmal gefragt, aber sie wusste es nicht, weil sie nie mit einem Asiaten geschlafen hatte. Sie möge asiatische Männer zwar, fühle sich aber nicht zu ihnen hingezogen. Sie hatte nur mit Weißen Sex gehabt, als sie noch in Australien gelebt hatte. Sie finde eigentlich nur Weiße attraktiv, aber aus irgendeinem Grund finde sie mich ebenso erregend. Ich war einigermaßen beleidigt darüber, und sie konnte gar nicht verstehen, dass ich dafür nicht dankbar war. Ich ärgerte mich jedoch nicht lange, denn im Moment kam es mir zugute.

»Okay, Mann, dann lass dich mal nicht stören mit deiner Süßen. Aber morgen früh müssen wir unbedingt reden!«

Ziang Hu und ich ließen uns in jener Nacht kaum in Ruhe und erwachten am nächsten Tag erst gegen Mittag. Ich schlug die Augen auf und öffnete wie immer zunächst die Facebook-App auf meinem Handy. Es war schrecklich.

»In den Morgenstunden des heutigen Tages starb unser lieber Freund Adam Mahmud al-Sharqawi an einem Herzinfarkt«, las ich in einem Post. »Die Trauerfeier für ihn findet heute um 19 Uhr in der Rahma-Moschee in Ain Shams statt.«

Das war Adams voller Name, kein Zweifel. Ich glaubte es dennoch nicht und dachte, falsch gelesen zu haben. Ich überlegte und versuchte, mir seinen Namen selbst vorzusagen. Ein Gefühl der Ohnmacht legte kalte Hände um meinen Hals. Ich lag neben Ziang Hu auf dem Boden und begann zu weinen. Ich konnte nicht mehr klar denken, ich sah sie an und wusste nicht, wer sie ist. Mit verweinten Augen starrte ich immer wieder auf die Nachricht, die ein gemeinsamer Freund gepostet hatte. Ich konnte die einzelnen Worte lesen, aber mein Gehirn konnte keinen Zusammenhang zwischen ihnen herstellen. Ich verlor die Kontrolle über meinen Körper, meine Gliedmaßen bewegten sich willkürlich, und ich schluchzte laut, während ich verzweifelt nach Luft schnappte, als läge eine riesige Last auf meiner Brust. Ziang Hu bekam Angst, als sie mich zitternd und jammernd auf dem Boden liegen sah, und eilte halb bekleidet, ihre übrigen Sachen in der Hand, zur Wohnungstür. Ich sah sie danach nie wieder.

Ich schrieb den gemeinsamen Freund an, um mich zu vergewissern. Er antwortete umgehend und bestätigte, dass es tatsächlich »unser Adam« war. Meine Zweifel blieben. Ich ging auf Adams Seite. Hunderte hohler Beileids- und Trostbekundungen standen auf seiner Pinnwand. Nichts im Himmel oder auf Erden ließ mich glauben, dass Adam tot war. Im Messenger stand seine letzte Nachricht noch immer ganz oben, neben seinem Foto, das ihn so lachend und lebensfroh wie eh und je zeigte. Ich betrachtete sein Gesicht, dann las ich unseren letzten Chat noch einmal. Er konnte doch nicht einfach weg sein! Einen Moment lang wartete ich, dass er mir gleich schreiben würde. Wieder überkam mich ein Weinen, ich schlug mir mit einer Faust auf die Brust, sodass ich die Schläge hörte, und schluchzte: »Ach, hätte ich dich doch angerufen!«

Alles war vorbei. Es war, als wäre Adam der erste und der letzte Mensch gewesen, der gestorben war. Nie war mir der Schrecken eines Todes so nahegegangen wie jetzt. Es war kein Raum für Reue oder einen Schritt zurück mehr, kein Zeitfenster war geblieben, um etwas nachträglich in Ordnung zu bringen, keine Hoffnung, etwas Versäumtes noch zu vollbringen. Ich begriff in jenem Moment, dass das Codewort des Todes »ewig« heißt und dass es die Ewigkeit der Ohnmacht von uns Lebenden meint, aber auch Reue über Vergangenes, das wir nie mit den Dahingegangenen geteilt haben, und Bitterkeit über das, was noch kommt und wovon wir ihnen nie mehr werden Mitteilung machen, worüber wir nie mehr mit ihnen werden lachen können. Bisher Undurchschaubares verstand ich mit einem Mal, und ich begriff, warum die Altvorderen geglaubt hatten, dass Ewigkeit erst mit dem Tod kommt und warum es ewiges Leben nur durch die Vergänglichkeit geben konnte.

Man sagt, manche Menschen bräuchten Stunden oder Tage, um die Phase der Verleugnung eines Todes hinter sich zu lassen. Bei mir dauerte es damals Wochen. Immer wieder öffnete ich den Chatverlauf im Messenger, ich schrieb Adam und wartete auf Antwort. Stundenlang starrte ich auf den Monitor und las mir alles durch, was wir uns die letzten zehn Jahre über geschrieben hatten. Aiman rief mich täglich an und sagte: »Du bist weit weg und allein. Wir stützen uns hier gegenseitig. Trauern ist eine Gemeinschaftsaufgabe. Adam ist tot, und er wird dir nicht mehr schreiben. Du musst dich damit abfinden.«

Aiman war nun der Letzte, der mir in Kairo noch geblieben war. Er riet mir, eine Facebook-Pause einzulegen, denn das Netzwerk tue mir offenbar nicht gut. Ich versuchte es, hielt aber nur wenige Stunden durch. Jedes Mal schrieb ich Adam wieder, es war das Einzige, was mich aufrichtete. Anfangs hatte ich noch auf Antworten gewartet, aber mittlerweile begnügte ich mich damit, einseitig zu schreiben. Ich nahm von irgendwoher die tröstende Sicherheit, Adam würde es lesen und sich darüber freuen. Ich begann zu glauben, dass Facebook eine Art göttlicher Hauch der Barmherzigkeit war, der den Menschen geschenkt wurde als Trost, der fern voneinander Lebende zusammenbringt, ihnen das Getrenntsein erleichtert und die Erinnerung an die Liebsten bewahrt.

Menschen, stellte ich fest, sterben auf Facebook nicht. Ihre Accounts bleiben bestehen, ihre Fotos vergilben nicht. Unterhaltungen, Witze und Peinlichkeiten, die sie einmal, und sei es in Momenten der Verzweiflung, dort aufgeschrieben haben, behalten ihre Ausdruckskraft, als hätten sie es soeben erst verfasst, ja, sie wirken mit der Zeit immer frischer. Zuerst dachte ich, das sei nicht beabsichtigt, aber ganz im Gegenteil: Facebook erinnerte mich jedes Jahr beharrlich an Adams Geburtstag, an den Jahrestag unserer Freundschaft. Wieder waren wir ein Jahr länger befreundet, und es würde nie enden. Facebook ist ein Werkzeug der Treue. Es erinnerte mich an Fotos, die wir einmal geteilt hatten, einen Satz, den ich einmal in seine Timeline geschrieben habe, oder an irgendetwas, wo er mich erwähnt hatte. Und jede Erinnerung erfüllte mich mit Dankbarkeit und ließ mich an göttliche Güte glauben.

Die Leute lachen mich aus, wenn ich ihnen sage, Facebook habe etwas Göttliches. Sie staunen kopfschüttelnd, wenn ich sage, das Netzwerk sei ein Tempel irdischer Ewigkeit, aus dem es in unserer vergänglichen Welt Liebe schöpft. Sie halten mich für verrückt, wenn ich ihnen erkläre, wir seien dank Facebook unsterblich, und jedes Wort, das wir dort posten, und jede Erinnerung mit dem blauen Icon seien das, was von uns für alle Zukunft bleibe, als Lehre für die, die nach uns kämen, und als eine Verbindung zwischen uns und einem Morgen, das wir zwar nicht erleben werden, das uns aber so sehen wird, wie wir es wollen. Nicht nur Facebook ließ ich fortan die Ehrerbietung zukommen, die ihm gebührt, sondern mir wurde klar, was alle Datenbanken, Netze und Archive bedeuten: Sie sind digitale Systeme der Ewigkeit, in denen wir Tag für Tag Abdrücke hinterlassen, oft ohne dass wir es merken, und meist sogar in übereiltem Leichtsinn.

Auf dem Weg zurück von Greenwich schmerzte mich die Erinnerung an Adam. Wie sollte ich mir erlauben, das System zu manipulieren und damit die Erinnerung an Gestorbene zu verfälschen? Natürlich würde ich es nicht wagen, Frau A.s Namen aus der Datenbank zu löschen. Es war mir egal, was mir oder Kayode passieren würde. Keine Schuld konnte größer sein, als jemanden absichtlich dem Vergessen anheimzugeben.

Ich musste den öffentlichen Nahverkehr nehmen, um

nach Hause zu kommen. Ich war wütend und traurig. Mein Fahrrad war weg, das war schon schlimm genug, aber jeder kleinere oder größere Verlust erinnert uns an die Gesamtheit unserer Verluste. So banal der Diebstahl meines Rads war, lag darin doch zugleich ein Schmerz und ein Kummer, die mich darüber nachdenken ließen, wie ungerecht es ist, jemandem nach seinem Ableben den Namen zu rauben und der Welt seine Geschichte zu entreißen. Seltsamerweise erfüllten mich diese Gedanken mit Zuversicht. Meine Wut wich einem zarten Gefühl von Zufriedenheit und der Gutheißung dessen, was das Leben mir noch geben würde.

Der nächste Bahnhof war nicht weit. Auf den Straßen ging es jetzt weniger beengt zu, was mir auch innerlich etwas Ruhe verschaffte. Ich war erstaunt darüber, wie schnell meine Stimmungen wechselten. Ich lief durch die Hauptstraße, eine leichte Abendbrise vertrieb die drückende Tageshitze, und ich nahm einen tiefen und langen Atemzug. Die feuchte, nach Rauch riechende Luft ließ mich wehmütig an spätsommerliche Abende in Kairo denken. Die Menschen schlenderten gelassen über die Fußwege oder standen angeheitert rufend vor Bars, man sah bunte Sommerkleidung und von der Sonne gerötete schlanke Körper. Alles war so wunderschön, dass es fast wehtat, und mir war, als wäre es das Herrlichste, was ich je gesehen hatte. Gesichter und Leiber erweckten Eifersucht und Begierde in mir, und in der Bahnstation sah es aus wie auf einem Karneval. Schöne Frauen und nicht weniger schöne Männer aller Hautfarben, Ethnien und

Sprachen standen dicht an dicht. Alle hielten Händchen und tauschten in angetrunkenem Mut heiße Küsse. In einer Ecke fasste sich ein jugendliches Pärchen vorsichtig-zärtlich an den Fingerspitzen; in seinen Augen lag Schüchternheit und Versuchung.

Ich freute mich für sie alle und hatte ebenso viel Selbstmitleid, denn all diese unvermittelte Schönheit ließ mich die Bitterkeit meiner Einsamkeit spüren. Mir kam der Gedanke, dass alle Menschen dieser Stadt eine heimliche Abmachung getroffen hatten, sich nach allen Kräften vor allen anderen und um derentwillen so schön zu zeigen, wie sie nur konnten. Diese Vorstellung gefiel mir und beschämte mich zugleich, denn ich war weniger schön als sie und achtete zu wenig auf mein Äußeres.

Seit die Sparpolitik begonnen hatte und mir mein Gehalt gekürzt worden war, hatte ich keine öffentlichen Verkehrsmittel mehr benutzt, daher hatte ich Schwierigkeiten, mich in der U-Bahn zu orientieren. Zudem hatte sich manches verändert. Die früher in den Stationen alle paar Minuten vom Band gespielten Hinweise: »Falls Sie ein Gepäckstück ohne Besitzer sehen, informieren Sie bitte sofort die Polizei!«, ertönten seltener. Es hatte schon einige Zeit keinen Terroranschlag mehr in London gegeben, oder es waren weniger geworden oder die Leute hatten sich daran gewöhnt, jedenfalls war es nicht mehr nötig, permanent solch deprimierende Durchsagen abzuspielen.

Als der Zug einfuhr, waren nur wenige Passagiere darin. Ich fuhr trotzdem im Stehen mit, denn ich war es nicht mehr gewohnt, neben fremden Fahrgästen zu sitzen. Während die Bahn noch in der Station stand, hörte ich eine neue automatische Durchsage: »Betteln wird als Ordnungswidrigkeit geahndet. Unterstützen Sie es nicht dadurch, dass Sie Bettelnden Geld geben.«

Der Hinweis wurde noch zweimal wiederholt, dann fuhr der Zug an. Ich fand die Formulierung kaltherzig, und sie löste Unbehagen in mir aus. Am nächsten Bahnhof lief die Durchsage wieder, diesmal so laut, dass ihr eine lange, pfeifende Rückkopplung folgte. Offenbar waren die Lautsprecher übersteuert, die Passagiere hielten sich die Ohren zu und manche schlossen mit verzerrtem Gesicht die Augen. Betteln ist immer noch besser als Terrorismus und Fahrraddiebstahl, dachte ich, zumal zu Zeiten, in denen Sparsamkeit die oberste Devise ist.

Ich betrachtete wieder die hübschen Gesichter um mich herum im Waggon. Vor mir stand eine junge, indisch anmutende Frau mit dem Antlitz eines Engels und langem glänzendem Haar. Unsere Blicke trafen sich. Ihre Augen waren groß und strahlten Erstaunen und kokettes Vertrauen zugleich aus. Sie lächelte mich an, was ich ungewöhnlich fand, aber ich lächelte zurück. Plötzlich verfinsterte sich ihre Miene, sie sah mich mit einer Mischung aus Angst und Wut an und wandte sich in die andere Richtung. Kurz darauf lachte sie laut auf und begann zu tanzen. Ich begriff, dass sie unter dem wechselnden Einfluss von Drogen stand.

Mein Telefon vibrierte in der Hosentasche, ich nahm es heraus und wollte die Nachricht lesen, die laut Bildschirm eingegangen war. Aber von hinten umhüllte mich plötzlich ein dicker, fauliger Geruch, und eine grobe Hand legte sich auf meine Schulter.

»Hilf mir bitte, ich habe Hunger und weiß nicht, wo ich heute schlafen soll.«

Als ich mich umdrehte, war das Gesicht des Mannes ganz nah an meinem, und sein miefiger Dunst traf mich nun noch unvermittelter, sodass ich unwillkürlich einen Schritt zurücktrat. Er stank dermaßen nach Schweiß und Rauch, dass ich einen Moment lang nicht atmen konnte. Instinktiv hob ich die Hand und bedeckte Nase und Mund.

»Tut mir leid, Kamerad, ich habe kein Geld bei mir.«

Ich hatte wirklich keinen Penny dabei, wer benutzt heute noch Bargeld? Aber der Obdachlose blieb hartnäckig. Er legte mir seine andere Hand auf die andere Schulter und bettelte mich mit seinem schottischen Akzent, den man hier vertrauenerweckend nennt, weiter an. Ich zweifelte nicht an, dass er Hilfe brauchte, aber ich hatte kein Geld dabei und entschuldigte mich bei ihm ein zweites Mal, wobei ich übertriebene Betroffenheit mimte und ihm noch einen schönen Abend wünschte. Er wich nun seinerseits zurück, betrunken schwankend, und richtete seine Bettelrede an die übrigen Fahrgäste: »Helfen Sie mir, ich bin obdachlos und hungrig und brauche Hilfe.«

Er sah schlimm aus. In all dieser Hitze trug er drei Schichten Kleidung übereinander, wahrscheinlich alles, was er besaß, und es war verdreckt und übersät mit Lehm- und Schweißflecken. In den Sandalen steckten halb nackte, bis zum Platzen geschwollene Füße mit schmutzigen Zehennägeln. An dem roten Bart klebten Speichel- und

Schleimfäden, und die Hände und den Hals bedeckten ganze Schichten von nicht verheilten Geschwüren. Sein Anblick löste Abscheu und Mitleid bei mir aus. Aber ich konnte nichts für ihn tun, ich drehte mich um und sah auf mein Handy.

»Hi! Der Leichnam wird morgen Mittag um 12.30 Uhr zum muslimischen Bereich des Nunhead-Friedhofs gebracht. Bestattung ohne Riten. Sie können dazukommen. Patrick.«

Einen Moment lang begriff ich nicht, wer Patrick war. Es dauerte ein paar Sekunden, bis ich eins und eins zusammenzählen konnte. Es war der Baumwollmann, wer denn sonst? Ich wusste nicht mehr, ob er sich mir namentlich vorgestellt hatte, aber das war ja egal. Erst einmal gerieten meine Gefühle durcheinander, und ich wusste nicht, ob ich mich über die Nachricht freuen oder ob ich traurig sein sollte. Seit ein paar Jahren leide ich nun schon unter diesem Problem. Es kommt immer wieder vor, dass ich nicht die zur jeweiligen Situation passenden Emotionen finde, und oft nicht einmal unpassende, oder ich kann sie nur schwer voneinander unterscheiden. Zuweilen kippen meine Gefühle auch von einem Extrem ins andere. In diesem Fall schien es mir am angemessensten, umgehend Aiman Mitteilung zu machen.

»Mein Name ist James, ich bin hungrig und allein und brauche Hilfe.«

Der Bettler war wieder da. Er war den Waggon bis zum Ende abgelaufen und nun wieder zurückgekehrt. Kein Fahrgast blickte ihn an, alle starrten angestrengt auf den Bildschirm ihres Handys oder ins Leere. Die unter Drogen stehende junge Frau hörte auf zu tanzen, schloss die Augen und gab vor, im Stehen zu schlafen. Manches will man lieber nicht sehen beziehungsweise hören. Ich nahm an, dass der Mann nicht wirklich James hieß und dass er diesen klassischen, gewöhnlichen und unauffälligen Namen gewählt hatte, um uns damit zu sagen, dass er ein Mensch sei wie wir alle und dass wir ihn kennen könnten, oder dass sein Schicksal jedem von uns blühen könnte. Namen geben Menschen ein Gesicht, selbst wenn wir es vermeiden, sie anzusehen. Er wandte sich an mich und wiederholte seine Bettelsätze. Ich ärgerte mich über seine Zudringlichkeit und seinen Gestank. Vielleicht täuschte ich mich ja auch in ihm, dachte ich, und er wollte gar kein Mitleid erwecken, indem er sich einen Namen gab, sondern uns nur die Fahrt verderben und uns mit seinem scheußlichen Auftritt vorhalten, dass wir Komplizen einer falschen Schönheit waren. Nichts anderes als Erpressung war das. Wir sollten ihm Geld zahlen, damit er uns aus den Augen ging, ihn dafür bestechen, dass er uns nicht weiter den Abend vermieste und unser rosiges Bild von unserer Umgebung störte. Ich drehte mich von ihm weg und starrte wieder ohne bestimmten Anlass auf mein Mobiltelefon. Plötzlich traf mich ein geräuschloser, aber heftiger Hieb, mein Telefon flog durch die Luft, und ich stellte fest, dass ich auf dem Boden des Waggons lag.

»Leg dein Handy zur Seite, wenn ich mit dir rede, du dreckiger Paki!«

Jetzt brüllte er mich auch noch an, nachdem er mich zu

Boden gestoßen hatte. Ich bekam Panik, dass er sich als Nächstes auf mich stürzen und mich zusammenschlagen würde. Ich hätte keine Chance gegen ihn gehabt, denn er war von breiter Statur, und seine Faust war in Wut geballt, sodass er mir damit leicht mit einem Schlag alle Gesichtsknochen hätte brechen können, und ein Tritt in den Magen mit seinen geschwollenen Füßen hätte mich umbringen können. Die Räder der U-Bahn quietschten, wir fuhren in eine Station ein, und der Obdachlose sprang aus einer sich öffnenden Tür, rannte über den Bahnsteig und verschwand.

»Sind Sie in Ordnung? Brauchen Sie Hilfe?«, fragte mich die intoxikierte Frau, die durch den Schlag meines Kopfes auf den Boden aus ihrem Tran erwacht war. Ihre Miene drückte so übertriebene Panik aus, dass ich fast lachen musste. Ich beruhigte sie, es gehe mir gut. Sie bückte sich, nahm mein Handy vom Boden und reichte es mir mit einer Hand, während sie mir den anderen Arm anbot, um mir aufzuhelfen. Ich konnte mich allein aufrichten, nur meine Knie zitterten ein wenig, und es dröhnte leicht in meinem Kopf. Der mir am nächsten sitzende Passagier bot mir einen Platz neben sich an, und ich setzte mich. Stille hatte sich auf den Waggon gelegt. Die übrigen Fahrgäste vermieden es, mich oder sich gegenseitig anzusehen, und auch ich blickte sie nicht an. Ich war dankbar, dass nichts Schlimmeres passiert war, aber innerlich war ich erschüttert.

Ich nahm eine Zeitung, die neben mir lag, und vergrub mein Gesicht darin ebenso wie mein Gefühl der Demütigung, indem ich so tat, als würde ich lesen. Ich überflog die Schlagzeilen auf Seite eins, von denen keine mein Interesse erregte. Ganz unten auf der Seite stand eine Kurznachricht, mit der ich mich ablenkte. »Zehn Prozent der Haustiere im Vereinigten Königreich haben ein eigenes Zimmer«, hieß es da. Ich lächelte. Das verdienen sie, dachte ich.

Aiman lachte vor Schadenfreude am anderen Ende der Leitung. Kurz nachdem ich zu Hause angekommen war, hatte ich ihn angerufen und ihm in allen unangenehmen Einzelheiten erzählt, wie mein Abend gewesen war.

»Musste es gleich eine Schlägerei sein?«, klagte ich. »Habe ich das verdient?«

»Was hat dich mehr gestört? Dass er dich einen Pakistaner genannt hat, oder das Wort ›dreckig‹?« Aiman kannte heute kein Erbarmen. Sein bissiger Humor störte mich nicht, ich war es gewohnt, dass er mich aufzog. Aber mir war auch klar, dass er nicht ganz ohne Hintergedanken sprach. Manchmal sagte er mehr, als er eigentlich meinte, und manchmal meinte er mehr, als er sagte.

»Beides! Außerdem hat er nicht ›Pakistaner‹ gesagt, sondern ›Paki‹! Das ist genauso schlimm wie ›Nigger‹.«

Mein Tonfall sollte ihm zu verstehen geben, dass er mir auf die Nerven ging und es jetzt langsam genug war. Aber jetzt war er da, worauf er hinauswollte: »Was hast du eigentlich erwartet? Überrascht es dich, dass du dort beschimpft wirst? *Wo einmal deine Wiege stand, nur dort ist auch dein Heimatland.* Das habe ich dir schon immer gesagt.«

Wie immer hatte er recht, und er würde immer recht behalten, das war alles, was er mir beweisen wollte. Ich schluckte meinen Ärger, so gut ich konnte, hinunter, denn ein Streit mit Aiman war das Letzte, was ich jetzt gebrauchen konnte.

»Nehmen wir mal an, ich hätte auf dich gehört und wäre dortgeblieben. Ich wäre dem Elend nie entflohen!«

»*Wer in der Heimat ein Schmarotzer war, wird es auch in der Fremde sein.* Also beklag dich nicht!«

Aimans Stimme klang nun weniger hämisch. Zumindest versteckte er seinen Ernst nicht mehr hinter Spott. Seine Worte trafen mich härter als der Schlag, den ich im Zug abbekommen hatte.

Laut erwiderte ich: »Ich beklage mich nicht, mein Bester, ich erzähle dir nur etwas! Außerdem, wenn ich mich bei dir nicht aussprechen kann, bei wem denn dann? Du weißt, dass ich hier allein bin. Warum hast du es heute so auf mich abgesehen? Ist dir etwas Unangenehmes passiert?«

Anscheinend bewirkte der Ärger in meiner Stimme, dass auch er jetzt einen anderen Ton anschlug.

»Schon gut«, meinte er. »Lass dich nicht ärgern. Hauptsache, es geht dir gut. Und was wirst du jetzt in Sachen der Dame unternehmen, die sich umgebracht hat?«

Ich verstand seine Frage nicht. Ich hatte ihm bereits gesagt, dass ich mich nicht auf Kayodes Pläne einlassen würde, und ich war mir sicher, dass er meiner Meinung sein würde. Aiman war einer, der sich immer an die Regeln hielt.

»Was ich unternehmen werde? Was meinst du damit?

Da gibt es nichts zu unternehmen. Es wird kommen, wie es kommen wird.«

Wir schwiegen beide eine Weile, und ich wusste in jenem Moment nicht, warum. Dann sprach Aiman mit einer schweren Stimme, die den Sorgen entsprach, die er hinter seinem Hohn mir gegenüber verborgen hatte: »Weißt du was? Die Frau ist tot, und damit hat es sich. Es ist nicht eure Schuld. *Lebende sind wichtiger als Tote!* Wenn es also einfach und ungefährlich sein sollte, dann lösch alles, was dir Scherereien machen könnte. Wie sagt man so schön: *Schließ die Tür, durch die der Wind hereinweht!*«

Jetzt tauschten wir die Rollen, und ich zog ihn auf. Das war unsere Art, Unangenehmes erträglich zu machen.

»Was ist eigentlich heute mit dir los? Es kommt mir vor, als spräche ich mit meiner Tante. In jedem zweiten Satz kommst du mir mit irgendeinem Sprichwort.«

Aiman lachte wieder spöttisch, aber diesmal von Herzen. »Es heißt übrigens auch: *Wer sein trautes Heim verlässt, verirrt sich.* Hör mir zu, und sei es nur dieses eine Mal! Und sei nicht so starrsinnig und spiel den Helden. Das bringt nichts, sonst wird es dir ergehen wie mir. Ich bin tapfer hiergeblieben, um mich um meinen Vater zu kümmern. Er war alt und hatte niemanden und so weiter. Das Ergebnis kennst du. Seit der Sache mit Abu Ghiyath und seiner Frau kann ich nachts nicht mehr schlafen. Ich kann nicht mehr, Mann! Wozu sitze ich hier herum? Ich kann nichts tun und habe nichts erreicht.«

Es war nicht das erste Mal, dass Aiman an seinem damaligen Entschluss zweifelte, in Ägypten zu bleiben. Seit er vor Jahren einmal bei der Verlosung von Visa gewonnen hatte, diese Möglichkeit dann aber ausschlug, überkam ihn immer wieder Reue. Aber so bitter wie heute hatte ich ihn noch nie klagen gehört, und der Unterton von Verzagtheit passte nicht zu dem Bild, das ich von ihm hatte. Seine Ermutigung an mich, ich solle es doch so machen, wie Kayode vorgeschlagen hatte, war eine Art Kapitulationserklärung seinerseits. Jetzt fiel mir nichts mehr ein, was ich ihm sagen konnte.

»Dir geht's gut. Du hast eine Wohnung und einen Job. Du schläfst furchtlos im eigenen Bett. Regle deinen Alltag und sieh zu, dass du dein täglich Brot hast. Du kannst dir nicht vorstellen, wie es hier mittlerweile zugeht! Dir geht es besser als vielen anderen Menschen, und du solltest dankbar dafür sein.«

Ich hörte Eifersucht aus Aimans Worten heraus. Ich stimmte ihm zum Schein zu, schließlich ergab es keinen Sinn, ihm etwas über mein Leben in London vorzujammern oder ihm zu erklären, dass ich nur aus einem einzigen Grund hier bin: Ich kann nirgendwo anders hin flüchten und nicht dorthin zurück, wo ich herkomme. Wäre Kairo noch wie vor zehn Jahren, wäre es etwas anderes. So aber hänge ich hier genauso fest wie er dort. Ich habe mich so verändert, dass ich in Kairo jetzt ein Fremder wäre, aber nicht genug, um in London das Stigma des Fremden ablegen zu können.

Alles hier ist vorläufig, das Warten und das Unentschiedene, und dort ist alles bedrückend und frustrierend. Dass ein Wartezustand zuweilen schlimmer sein kann als Verzweiflung, würde Aiman nicht begreifen. Nichts ist jämmerlicher als ein Leben, von dem nichts als ein Spiel mit Erinnerungen übrig ist. Ein Leben, das ein langer Kampf gegen das Vergessen und ein nicht endender Versuch ist, sich an Vergangenes zu klammern und es zur falschen Zeit am falschen Ort wiedererstehen zu lassen. Er würde nicht verstehen, dass ein Fluchtversuch, bei dem man scheitert, den man aber wiederholen kann, seelisch eher zu bewältigen ist als eine Sehnsucht nach Gefangenschaft. Dass eine Hoffnung auf Rettung besser ist als eine Rettung, die sich als Betrug entpuppt. Ich verstand aber auch, warum er all das nicht verstehen konnte.

Nach unserem Gespräch war ich durcheinander und wusste nicht, was ich am nächsten Tag in Sachen Frau A. und ihrer Daten unternehmen sollte. Mich überkam Angst davor, was wohl passieren würde, wenn ich meine Stelle verlöre. Ich hatte einen starken Wunsch zu weinen, die Tränen aber wollten mir nicht aus den Augen treten, all meiner Trübsal zum Trotz. Das war schlimmer als die Schwermut selbst. Aber ich wusste genau, was ich zu tun hatte. Ich ging aus meinem Schlafzimmer in die Küche, öffnete den Kühlschrank und kniete mich hin, um ans Gefrierfach zu gelangen. Ich zog die oberste Schublade heraus und schaute ein paar Sekunden hinein, was genügte, dass mir die Tränen kamen und warm und zuversichtlich stimmend wie Balsam herabflossen. Der Beutel mit den gefrorenen Zwiebelringen hatte sie freigesetzt. Ich nahm ihn heraus und wischte die feine Eisschicht ab, die sich darauf gebildet hatte. Mein verdrängter Gram brach durch. Es verblüffte mich, wie traurige Dinge einander hervorziehen, als seien sie durch einen dünnen Faden miteinander verbunden, und wie die entsprechenden Erinnerungen sich gegenseitig wecken.

Vor sechs Monaten hatte ich Potitsa verlassen, aber viel erinnerte mich noch an sie. In vier gemeinsamen Jahren hatten wir vieles angesammelt, was sichtbare und fühlbare Intimität und Vertrautheit ausdrückte. Den Schaukelstuhl im Wohnzimmer hatte sie mir zwei Jahre zuvor zum Geburtstag geschenkt. Den Schrank hatte sie mitgebracht, als sie einzog. Da drüben hatte sie abends gern gelesen. Den Teppich hatten wir von einer gemeinsamen Reise nach Indien mitgebracht; er gefiel mir nie, aber ich war stolz, dass ich den Verkäufer auf den halben Preis heruntergehandelt hatte. Hinter der Tür konnte ich noch immer ihr Lachen hören. Niemand außer ihr konnte so unschuldig und peinlich lachen, wie wenn sie auf der Toilette saß. Auf dieser Seite des Bettes hatte sie am liebsten geschlafen und mich gewärmt, wenn wir an Wintertagen morgens nicht aufstehen mochten. Fünf Tassen des sechsteiligen Sets, das ich aus Kairo mitgebracht hatte, waren noch da. Eine hatte sie zerbrochen, als wir noch keinen Monat zusammen waren, und ich war so wütend darüber gewesen, dass wir uns deswegen beinahe getrennt hätten. Immer wenn ich nach Hause kam, erinnerte ich mich daran, wie sie bis spät in der Nacht auf mich gewartet hatte. Genau hier hatte sie immer gestanden, wenn ich die Tür aufschloss, besorgt und müde, und mich umarmt. Ich war es, der die Trennung wollte, und ich weiß nicht mehr, warum. Sie weinte ein wenig und ging. So einfach enden hier Beziehungen. Ohne Krach und ohne ein Wort des Tadels zog sie davon und hinterließ das, was unser Leben gewesen war. Ich wünschte mir, dass sie mich anschrie, mit irgendetwas auf mich warf oder mich verfluchte, aber sie tat nichts dergleichen. Wie konnte so etwas einfach so geschehen? Manchmal weinte ich, um meine Schuldgefühle zu lindern, und manchmal aus Reue. Ich blickte mich um und sah nichts als Weltuntergang und fühlte mich wie ein alter arabischer Dichter, der um seine Geliebte an der Stelle trauert, wo ihr Stamm gelagert hat. Dass diese Stelle aber in der eigenen Wohnung ist, dass man die Überbleibsel des Karawanenlagers im eigenen Gefrierfach vorfindet, war das Traurigste, was es gab. Jedes Ende einer Beziehung ist wie ein kleiner Tod, und jeder Tod ist der unwiederbringliche Untergang einer einzigartigen Welt, die es nie wieder genauso geben wird. Weitere Beziehungen werden folgen oder auch nicht, aber was vorbei ist, ist vorbei. Ich betrachtete all die kleinen Tode, die ich schon erlebt hatte, und sah meinen einzigen Trost in der Einzigartigkeit, die wir erst begreifen, wenn wir etwas verlieren, und die machen kann, dass eine Tüte mit gebratenen Zwiebelringen für eine vergangene Liebe steht.

Zwei Wochen vor unserer Trennung hatte sie die gefrorenen Zwiebeln gekauft, so als hätte sie es damals schon vorausgeahnt. Irgendwann hatte sie die Hälfte davon verbraucht und den Rest zurückgelegt. Als sie an jenem Morgen wegging, hatte sie mir noch gesagt, es sei ganz einfach, ich müsse die Zwiebeln nur bei 180 Grad Celsius eine halbe Stunde lang im Ofen aufbacken, dann seien sie fertig. Sie sah mich zärtlich an, riet mir, ich solle gut essen und nicht wieder mit dem Rauchen anfangen. Dann klopfte sie mir auf die Schulter und ging. Sechs Monate waren nun vergangen, und noch immer lag die Tüte mit den gefrorenen Zwiebeln im Gefrierschubfach wie eine Leiche, um die Geister schwirren. Ich mag gebratene Zwiebeln nicht und hasse ihren Geruch. Ich hatte mehrfach daran gedacht, sie zu entsorgen, aber meine Hand gehorchte mir nicht. Was sollte ich ohne die Zwiebeln tun, wenn ich einmal weinen musste?

Nach und nach wich der Schmerz anderen Erinnerungen, und um die gemeinsamen Möbel legte sich ein blasser Schein aus Sehnsucht, in der ich Trost fand und die mir erlaubte, mich lächelnd an Potitsa zu erinnern. Der Zwiebelbeutel allein war es, der mich jedes Mal zusammenbrechen ließ, und ich verstand nicht, warum. Ich erklärte es mir damit, dass Zwiebeln, seien sie roh oder gefroren, nun einmal Tränenfluss auslösen. Potitsa hatte auch noch ein Pfund Leber im Gefrierfach gelassen; die hatte ich zwei Tage nach ihrem Auszug mit Knoblauch zubereitet und gegessen, und sie hatte mir herrlich gemundet. Damals war mir klar geworden, dass alles, was wir lieben, kurzlebig ist und dass Hunger Sehnsucht überwiegt und Erinnerungen überwindet.

Jetzt hatte ich genug geweint. Durch den kalten Beutel waren mir die Finger steifgefroren, und sie verfärbten sich am Rand schon weißlich blau, wie es einem Taubheitsgefühl vorausgeht. Meine Tränen vermischten sich mit den Tropfen der geschmolzenen Eisschicht, die von der Packung fielen, und vor dem Kühlschrank bildete sich aus beidem eine Pfütze aus salzigem Wasser. Ich fürchtete, die Zwiebelringe würden verderben, wenn ich sie nicht augenblicklich wieder einfror. Schon verbreitete sich ihr furchtbarer Geruch, und Öl drang durch die Tüte auf meine Hand. Ich legte die Packung zurück ins Schubfach und wusch mir die Hände über dem Spülbecken. Erschöpft ging ich wieder ins Schlafzimmer. Trotz meiner vielen Gedanken glaubte ich, Schlaf finden zu können. Ich legte mich aufs Bett, nahm mein Handy und dachte daran, mich auf Potitsas Facebook-Profil umzusehen.

Aber dann fiel mir ein, dass am nächsten Tag eine verantwortungsvolle Aufgabe auf mich wartete, auf die ich mich vorbereiten musste, und dass ich mich noch ein wenig über den jungen Mann informieren sollte, an dessen Beerdigung ich in wenigen Stunden teilnehmen beziehungsweise für die ich gewissermaßen zuständig sein würde. Ich suchte ihn auf Facebook. Ich tippte »Ghiyath Abbas« ins Suchfeld und erhielt eine Liste mit Hunderten Profilen desselben Namens. Es war verwirrend, denn alle kamen laut Steckbrief aus dem syrischen Tartous. Manche wohnten in London, andere in Berlin, in Istanbul, Beirut, Amman, Alexandria oder sonst wo. Ich ging ein paar der Profile durch, aber es strengte mich so an, dass ich die Suche schon fast wieder aufgab. Alle waren ungefähr im selben Alter und waren weitgehend durch dieselben Länder gereist. Aber schließlich sah ich zufällig ein Foto, das sich von allen anderen abhob, und das musste der Ghiyath sein, den ich suchte, denn auf dem Bild umarmte er einen Delfin! Ich ging sein Profil durch und stellte fest, dass Aiman zwar größtenteils übertrieben hatte bei dem, was er mir über Ghiyath erzählt hatte – aber die Geschichte mit dem Delfin, die stimmte offenbar! Die unglaublichste aller Geschichten war, wie so oft, wahr. Aber viel mehr konnte ich seiner Seite nicht entnehmen.

»Liebe Freunde in London, Ghiyath war ein junger Syrer, der erst vor einigen Monaten nach langer und strapaziöser Reise nach Großbritannien gekommen war. Für sein Herz waren wohl all die Mühen, die er durchlebt hat, zu viel, sodass es vor einigen Tagen aufgehört hat zu schlagen. Er starb allein und ohne Zeugen in seinem Zimmer auf dem Bett liegend. Ghiyath hat hier, wie viele von uns, keine Angehörigen, auch hatte er in London keine Freunde. Morgen Mittag um 12.30 Uhr werden Beamte des Bezirksrats ihn in Lewisham auf dem Nunhead-Friedhof bestatten. Dem Wunsch seiner Familie entsprechend, dass jemand seiner Bestattung beiwohne, werde ich dort sein. Jeder, der die Zeit aufbringen kann, möge sich mir anschließen und Ghiyath das letzte Geleit geben. Wer nicht kann, möge diesen Post auf der eigenen Seite teilen. Danke.«

Ich formulierte meinen Text immer wieder um, weil er mir anfangs unbeholfen erschien. Ich wählte einen ernsteren Ausdruck, dann schien mir der Tonfall übertrieben finster. Auch mit der endgültigen Fassung war ich nicht zufrieden, aber schließlich war ich zum ersten Mal damit betraut, jemanden zu bestatten, den ich nicht gekannt hatte, und zum ersten Mal kündigte ich auf Facebook eine so ungewöhnliche Beerdigung an. Sicher würden meine Freunde Verständnis dafür aufbringen und über die Schwächen des Textes hinwegsehen. Kaum hatte ich ihn gepostet, schaltete ich mein Handy aus, denn ich war todmüde und befürchtete, dass all die zu erwartenden Kommentare mich die ganze Nacht wachhalten würden.

Ich schloss die Augen, fand aber keinen Schlaf. Ich dachte ängstlich daran, was mich am nächsten Morgen auf der Arbeit erwarten würde, und hatte Flashbacks von der Szene in der U-Bahn. Am frühen Morgen sah ich im Halbschlaf eine Traumszene. Ich stand vor dem Grabstein des jungen Syrers, Tausende Menschen strömten auf den Friedhof, Zehntausende aller Hautfarben, jeder Sprache und jedes Alters. Sie beweinten den Jungen bitterlich und betrauerten mit mir und für ihn ihre eigene Einsamkeit und Fremdheit. Dies sei die größte Bestattung, die London je erlebt habe, hörte ich sie sagen, man werde für immer davon sprechen. Fremde kamen aus allen Richtungen und begruben ihre Angst und ihre Vergangenheit in Ghiyaths Grab und trösteten sich gegenseitig. Alle, die ich kannte, waren da, der Baumwollmann spielte auf seinem Instrument ebenso traurige wie wirre Melodien, Pepsi hatte zum ersten Mal keine weiße Kreide aufgetragen, und Kayode flossen Tränen über das breit grinsende Gesicht.

Auch Frau A. sah ich. Sie lebte und stützte sich auf Katarzynas Schulter. Der Mann mit den kostenlosen Umarmungen vom Speakers' Corner war ebenfalls da und drückte innig die ganze Trauergemeinde. Der Bettler

James stand in einiger Entfernung in feinster Kleidung da und blickte schüchtern zu mir herüber. Er bat um Verzeihung, die ich ihm, ohne dass wir ein Wort wechselten, gewährte. Meine Tante lief Hand in Hand mit ihrer Freundin Margaret Thatcher umher, während sie Eis an Kinder verteilten. Potitsa kam herangelaufen, ich wartete auf sie, und wir umarmten uns wie früher. Zärtlich flüsterte sie mir zu, es sei Zeit, dass wir vergessen. Dann sprach sie laut zu allen Anwesenden und sagte, dass Kühlschränke die schlimmste Erfindung seien, die es gibt, denn sie würden alles, was in ihnen liege, für immer bewahren.

8

Die alten Ägypter glaubten, der Mensch besitze zwei Seelen, eine namens Ka und eine weitere namens Ba. Die eine sei die irdische, mit der Person verbundene und dieser ähnlich, die andere die himmlische. Diese habe Flügel und könne weit wegfliegen, aber auch wiederkommen. Jenem alten Glauben gemäß verlässt beim Tod nicht die Seele den Körper, sondern beide Seelen trennen sich. Die Ba-Seele verlässt den Körper des Sterbenden, während die Ka-Seele ihn fortan bewacht. Ihr Geist schwebt weiter um ihn herum und tröstet sich mit den Menschen, die zusammenkommen, um die verstorbene Person zu betrauern. Die Ka-Seele erscheint ihnen zuweilen sogar, sie hört ihnen zu und spricht zu ihnen. Die Menschen verlassen ihre Toten nicht und diese verlassen ihre Angehörigen nicht, sie bleiben in gegenseitiger Nähe. Die Mühe des Todes wie des Lebens liegt darin, dass der Mensch sich selbst fremd ist, indem seine eine Seele sich nach der anderen sehnt. Insofern schmerzt die Menschen das Leid der Toten ebenso wie das Leid der Lebenden, denn der Tod ist, genau wie das Leben, ein langes Warten beziehungsweise ein langer Kampf. Von beidem gibt es viele Spielarten: Die einen verbringen ihr gesamtes Leben mit nur einer Seele oder sterben mit nur einer. Andere werden im Leben von ihren Seelen gequält oder diese kämpfen gegeneinander, und erst im Grab finden sie ihre Ruhe. Wieder andere verändern sich nach ihrem Ableben, so als wäre ihre geflügelte Seele schüchtern und lieber allein gewesen, während die andere gern bei anderen Menschen und unstet war, bis der Tod kam. Solche Menschen kommen ihren Geliebten erst als Gestorbene näher und werden ihnen dann präsenter als zuvor im Leben. Dann gibt es die, deren flatternde Seele vorzeitig ermattet und die diese dann mühsam mit sich herumschleppen müssen. Dadurch sterben sie viele langsame und beschwerliche Tode. Und es gibt die Ungeduldigen, die es ganz schnell und unauffällig hinter sich bringen. Meine Großmutter starb auf die lange Art.

Badias himmlische Seele verkümmerte, und ihre Flügel versagten ihren Dienst mindestens ein Jahrzehnt vor ihrem Tod. Ihr blieb nur ihre irdische, die lediglich so aussah wie sie, aber wie ein Geist ohne Gedächtnis um uns herumspukte. Man sagte sich, all die Toten, die sie in ihren jungen Jahren in Leichenhallen und Polizeistationen gesehen hatte, hätten ihr den Geist verwirrt. Die Ärzte vermuteten, sie leide an Alzheimer, die Frauen der Familie aus ihrer Generation meinten, es komme vom langen Warten, während die Kirchenpriester sagten, Vergessen sei eine

Gnade des Herrn. Anfangs hielt sie jeden ihrer Neffen für ihren ältesten, und sie rief sie alle unabhängig von ihrem Alter Nayel. Wir widersprachen ihr nicht, weil wir Mitleid mit ihr hatten. Es war wohl zu viel für sie gewesen, dass Nayel weggegangen war, und wir wagten nicht, ihr zu sagen, dass er in einen Krieg gezogen war und niemand je seine Leiche gefunden hatte. Die Ärzte diagnostizierten, Badia würde die Gegenwart bald vergessen und nur noch in einer fernen Vergangenheit leben, und so kam es auch. Die jüngeren Frauen in der Familie mutmaßten, es liege an ihrem Kummer. Sie habe sich so viele Wünsche versagen müssen. Die Männer wiederum fürchteten die Schmach, so wie sie sich vor zu jungen Witwen fürchteten. Sie hielt jeden Mann für den Großvater, der einst weggegangen und nie wiedergekommen war. Auf der Straße lief sie Fremden hinterher, küsste ihnen die Hand und sprach sie mit seinem Namen an. Man schloss sie zu Hause ein, damit sie der Familie keine Schande machte. Die Ärzte rieten uns, viel mit ihr zu sprechen. Alle sprachen mit ihr über früher und die lieben Verwandten. Gäste kamen und erzählten ihr von Dingen, die tatsächlich passiert waren, aber sie reagierte nicht. Auch wir Kleinen versuchten es mit ihr. Wir erzählten ihr all die Geschichten, die sie selbst uns früher erzählt hatte, von Amna der Dämonin und den guten Geistern. Sie lächelte, wenn sie zuhörte, und manchmal weinte sie. Die Priester nickten und sagten, sie erinnere sich zwar noch an die Geschichten, aber sie vergesse die Wirklichkeit. So ergehe es Menschen, die Qual im Herzen trügen.

Als sie zum ersten Mal für Monate zu Hause eingesperrt war, erschien sie eines Tages plötzlich im Wohnzimmer, zerriss ihr Kleid, entblößte ihre schlaffe Brust vor allen Gästen und umtanzte diese lachend. Die Ärzte sprachen wieder von Senilität und verschrieben ihr ein neues Medikament, das sie natürlich vergaß einzunehmen. Also wurde sie nun in ihr Zimmer gesperrt und ein Schloss an der Tür angebracht. Die verschärfte Haft machte alles noch schlimmer. Nun vergaß sie die Hälfte aller Wörter, die sie gekannt hatte, sie zerriss die Kissen und die Matratze mit ihren Fingernägeln, zog die Füllung heraus und warf die Baumwolle vom Fenster aus auf die Passanten. Die Leute beschwerten sich über den Flockenregen auf der Straße, also wurden ihr nun auch die Fenster zugenagelt und sie bekam eine Schaumstoffmatratze.

Schon bald musste die Familie wieder die Ärzte kommen lassen, denn Großmutter nahm ihr Bett auseinander, als würde sie ein Grab schänden, und aß den Schaumgummi. Meine Familie hatte die Idee, ihr das Bett wegzunehmen, und gab ihr stattdessen ein Brett, auf dem sie schlafen sollte. In der Nacht darauf nagte sie wie eine Maus an den Kanten des Holzes, und es war klar, dass es nur schlimmer werden würde. Die Kirche riet, wir sollten ihr das Zimmer restlos leerräumen, der Arzt hatte keine Einwände, und so geschah es. Wenn die Tür einmal am Tag geöffnet wurde, zog sie uns Kleine in ihr Zimmer, wo sie sich in Embryostellung auf die Fliesen legte. Wir sprachen mit ihr, aber sie hörte uns nicht, wir fassten sie an, sie spürte es nicht. Auch auf Geschichten reagierte sie nicht mehr. Mit der Zeit wurde es uns zu anstrengend, wir vergaßen, dass sie in ihrem Zimmer lag, und wir vergaßen fast alle ihre Geschichten.

Als sie starb, legte man ihre Leiche ihrer Verfügung gemäß vier Tage lang so auf das Sofa, wie sie dort früher Mittagsschlaf gehalten hatte. Die Nachbarn verstanden es nicht, die Ärzte warnten vor dem Geruch, der auch schädlich sein konnte, und die Priester wunderten sich. Die Seele verlasse einen Toten nach drei Tagen, sagten sie, und tatsächlich kamen sie drei Tage nach ihrem Tod, um die entsprechenden Riten vorzunehmen. Wozu sollten sie länger damit warten? Meine Tanten wuschen Großmutter einmal am Tag und wischten ihr alle paar Stunden mit einem Taschentuch den Schaum vom Mund. Hilana, ihre Erstgeborene, kam am Begräbnistag und schimpfte: »Was werden die Leute von uns sagen?«

Ich saß bei der Tür auf dem Boden und sah zu, wie sie sich um alles kümmerte. Sie zog Großmutter ihre schwarze Kleidung aus und warf sie auf die Fliesen. Sie hob sie nackt wie ein kleines Kind hoch und legte sie in den großen Waschzuber. Sie wusch sie mit Parfüm und massierte sanft ihren Leib, als sei sie eine Braut, die gleich ihrem Mann zugeführt würde. Hilana holte Kleider mit Frühlingsmuster, die Großmutter seit ihrer Verwitwung nicht mehr getragen hatte, zog sie der Toten an und legte ihr all ihren Schmuck an. Sie kämmte sie mit einem Elfenbeinkamm, legte ihr Haar auf ihren Schoß und rieb es mit Öl ein, bis es glänzte wie das Mondlicht. Es war rau wie ihr Leben und so lang und kurvig wie ein Feldweg. Am Ende trug die Tante ihr Lippenstift auf und streute ihr Puder auf die Wangen. Dann setzte sie sie in den großen Sessel am Fenster, wo sie früher immer gesessen hatte, und stellte ihr im Radio den Musiksender ein, den sie so gern gehört hatte. Die Leute kamen einer nach dem anderen und küssten sie zum Abschied auf die Stirn. Es war, als würde Großmutter ihnen noch einmal zufrieden und entspannt zulächeln. Am nächsten Morgen sahen die Tanten sich an, und Hilana sagte stolz: »So oder gar nicht bereitet man eine Bestattung vor.«

Damals begriff ich, dass auch Tote noch viel zu ertragen hatten und dass es für die Lebenden nicht damit seine Bewandtnis hatte, dass sie gestorben waren. Und es ging mir erneut durch den Kopf, als ich an jenem Morgen meine Augen aufschlug. Ich versuchte mich gedanklich davon abzulenken, was mir auf der Arbeit bevorstand, und wollte das Thema Frau A. und Kayode möglichst vergessen und meine ganze Aufmerksamkeit dem Begräbnis des jungen Syrers und den Kondolierenden zuwenden. Ich streckte den Arm aus und tastete wie jeden Morgen mit den Fingerspitzen die Oberfläche des Tischchens neben dem Bett ab. Ich fand mein Handy und hielt es mir vors Gesicht. Ich sah ein paar Sekunden auf das Display und war enttäuscht. Die Kommentare zu meinem Begräbnis-Post waren überschaubar, es waren vielleicht zwanzig, fast alles nur Beileidsbekundungen. Lediglich zwei versprachen, sie würden versuchen, zur Beerdigung oder kurz danach auf den Friedhof zu kommen. Drei weitere hatten die Meldung auf ihrer Seite geteilt. Im Messenger hatte ich eine Nachricht von jemandem, den ich nicht kannte, der mir aber versicherte, er sei sehr betroffen und würde gerne kommen. Leider sei der Termin mitten am Tag. Ob er sonst noch etwas für mich tun könne? Zwanzig Kommentare, fünfunddreißig Likes, eine Nachricht, dreimal geteilt, das war alles, was von einem ganzen Leben übrig war. Ich fand es etwas enttäuschend, aber es war besser als nichts.

Und es war ein guter Tag, um einmal das gebügelte Hemd anzuziehen, ja ein Begräbnis verdiente es wohl auch, den ganzen Anzug zu tragen, dachte ich, und dieser Gedanke machte mich ein wenig froh. Solange man noch Anlässe findet, Anzüge, gebügelte Hemden und geputzte Schuhe zu tragen, ist das Leben noch lebenswert oder hat zumindest einen Sinn. Im Büro würde meinen Kollegen dieser Aufzug wohl seltsam oder verdächtig vorkommen, aber das war ja nun auch egal, schließlich war es womöglich mein letzter Arbeitstag, und da war es nur angemessen, gut gekleidet Abschied zu nehmen. Ich wollte so würdig wie möglich abtreten. Ich hatte nur einen Anzug; ich hatte ihn aus Kairo mitgebracht, als ich in London ankam. So fiel mir die Wahl nicht schwer. Wie ich erwartet hatte, spannte das Jackett nach zehn Jahren etwas, auch die Schultern waren eng, und ich konnte mich nicht ganz frei bewegen, aber, sagte ich mir, Anzüge waren schließlich nicht dazu gemacht, dass man es bequem hatte. Fünf Minuten später war ich auf der Straße. Nach dem Vorfall vom Tag zuvor fühlte ich mich bei dem Gedanken, die U-Bahn zu nehmen, nicht wohl, und wie lange die Fahrt mit dem Bus dauern würde, war nicht zu erahnen. Also ging ich frühzeitig los, denn ich wollte pünktlich auf der Arbeit sein.

Ich sah den Bus an die Haltestelle heranfahren. Ich war zwar noch ein paar Schritte entfernt, aber es gab keinen Grund zur Eile, denn eine ansehnliche Schlange von Fahrgästen stand aufgereiht, um einzusteigen, und bis die alle drin waren, wäre ich längst an der Tür angekommen. Der Anblick rang mir ein kleines Lächeln ab, denn nichts verwundert mich mehr als die Schlangen, in denen man hierzulande auf den Bus wartet. Das Bemerkenswerte daran ist, dass mindestens die Hälfte der Leute sich an keine Reihenfolge hält und den Bus besteigt, ohne die anderen abzuwarten. Nicht dass ich das gut finde; ich finde ein solches Verhalten zwar verständlich, aber bewundern tue ich es nicht. Was mich dagegen jedes Mal erstaunt, ist, dass die anderen stur an ihrer Reihenfolge in der verbliebenen halben Warteschlange festhalten. Eine Warteschlange ist aber nur dann eine, wenn sich zumindest die meisten Menschen an sie halten. Ich weiß nicht, ob sie das aus einem absoluten Glauben an Ordnung tun oder ob sie es als etwas Prinzipielles ansehen, das auch Opfer gebietet. Zuweilen erscheint es mir einfach als Gewohnheit.

Als ich einmal in einer solchen nur begrenzt sinnvollen Schlange stand, drehte sich eine betagte Dame vor mir um und sagte mir ohne jeden Anlass, das Problem sei nicht, dass das Leben zu kurz sei, wie unerfahrene junge Menschen glaubten, sondern es sei im Gegenteil zu lang. Erst in ihrem Alter begreife man das, und deshalb liebe sie Warteschlangen, die langen noch mehr als die kurzen! Ich war mir nicht sicher, was genau sie meinte, und ich fand weiterhin keine befriedigende Antwort auf die Frage nach dem Sinn der Halb-und-halb-Warteschlangen, in die ich mich aus reiner Verlegenheit einreihte. Zuweilen empfand ich beim Warten auch insofern einen heimlichen Genuss, als in jedem Warten die Hoffnung liegt, am Ende etwas dafür zu erhalten, und sei es auch nur etwas Unerhebliches.

Ich stieg ins obere Deck des Busses und hatte tatsächlich Glück, denn ganz vorne war noch ein Platz frei, noch dazu auf der Sonnenseite. Der Verkehr war, gemessen am Berufsverkehr, einigermaßen flüssig. Der Bus startete gemächlich und staufrei, und ich nahm die Gelegenheit wahr, mir die Straßen von oben zu besehen. Ich stellte sie mir als eine Bühne vor, die ich von einer Loge aus betrachte. Es passierte allerdings nicht viel, und die Kulisse war sparsam. Kinder liefen in Einheitskleidung und in harmonischer Unordnung zur Schule und Erwachsene zu ihrer Arbeit. Es war eine strenge Routine, die von starren Regeln kündete. Ich machte mir bewusst, dass niemand von all diesen Menschen ahnte, dass ein armer junger Mann namens Ghiyath gestorben war und heute beerdigt würde. Ich starrte weiter aus dem Fenster, und das endlose Vorüberziehen von Blöcken immer gleicher viktorianischer Häuser hatte wieder einmal etwas Beruhigendes. Die Szenerie glich eher einem Wunderkasten als einem Theaterstück.

Der Bus hielt, und Schüler stiegen aus. Zum ersten Mal

sah ich, dass gleich neben der Mittelschule eine Obdachlosenunterkunft lag. Sie trug zwar kein entsprechendes Schild oder Zeichen, aber meine Eingebung sagte mir, dass es sich um eine solche handelte. Es gibt Dinge, die man unbewusst durch Erfahrung in sich aufnimmt. Ein wenig hatte ich auch geraten, aber dann traten zwei Personen aus dem Zugang zum Gebäude, und ihr Erscheinungsbild bestätigte mir, dass ich richtiggelegen hatte. Der Bus fuhr weiter durch die üblichen Straßen, von denen ich weder die Namen hätte nennen können noch wusste, auf welchem Abschnitt der Linie, auf der der Bus fuhr, sie lagen. Aber alle paar Meter kamen mir Erinnerungsfetzen in den Sinn. In meinen zehn Jahren hier hatte ich fast alle Obdachloseneinrichtungen und Hunderte provisorische Sozialwohnzellen in allen Ecken des Bezirks einmal betreten. Ich hatte ihre Bewohner kennengelernt und ihre Geschichten gehört. Ich lernte weniger über ihre Vergangenheit, als sie wollten, dass die Welt darüber erfahren möge, und mehr, als mir guttat.

Der Bus fuhr langsam. Meine Augen durchdrangen Mauern und sahen, was anderen Fahrgästen verborgen blieb. Ob es Glück oder Unglück war, dass ich all das wusste, konnte ich nicht sagen. Auf der anderen Seite des Busses sah ich eine junge Frau vor sich hin lächeln, während sie Musik hörte. Sie wusste von nichts, und ich beneidete sie. Wir passierten die Unterkunft, in der Frau A. gelebt hatte. Ich sah zwei Polizisten, wie sie Absperrbänder aus gelbem Plastik um das Gebäude herum entfernten, und folgerte daraus, dass die kriminaltechnischen Untersuchungen abgeschlossen waren. Von außen sah alles so normal aus wie an jedem anderen Tag. Mein Herz schlug schneller, während ich mich meiner Arbeitsstelle näherte.

Als ich das Gebäude betrat, ließ mich die Kollegin am Empfang kaum Luft holen und übermittelte mir sofort in offiziellem Ton Anweisungen: »Gary erwartet Sie. Er möchte, dass Sie gleich in den Besprechungsraum kommen.« Sie wusste alles, dachte ich, und wohl nicht nur sie. So etwas konnte man ja auch nicht vertuschen. Das beruhigte mich zugleich ein wenig, denn das hieß, dass die Sache schnell geklärt und ich gleich erfahren würde, was mir blühte. Eine lange Zeit des Abwartens und der Unsicherheit war es jedenfalls nicht. Die Kollegin musterte mich verblüfft.

»Sie tragen Anzug, was ist denn geschehen? Haben Sie im Lotto gewonnen? Oder eine echte Arbeit gefunden?« Das Stirnrunzeln behielt sie bei und scherzte im selben offiziellen Tonfall, den die Menschen hier anschlagen, wenn sie Strenge überspielen.

»Nein, ich muss heute zu einer Beerdigung.«

Sie lachte, und es war nicht klar, ob sie glaubte, dass ich einen Witz gemacht und er ihr gefallen hatte, oder ob sie meine Antwort lächerlich fand. Ich ging lächelnd an ihr vorbei ins Büro. Hinter mir hörte ich sie noch in einer Mischung aus Spott und Mitleid sagen: »Viel Glück dann!«

Auch ich glaubte, dass ich davon viel brauchen würde. Aber als ich am Sitzungszimmer eintraf, schien mir, dass auch Glück nun nicht mehr viel würde ausrichten können. Durch die Glastür sah ich Gary mit finsterer Miene dasitzen, vor sich auf dem Tisch eine Tasse Tee, einen blauen Ordner und verstreute Papiere.

»Treten Sie ein! Ich bedaure, dass ich Sie so früh hierhergebeten habe. Möchten Sie vielleicht zunächst einen Tee oder einen Kaffee?«

Gary hielt sich an britische Traditionen. Alles muss mit einer Entschuldigung beginnen und mit einer Entschuldigung enden, und je mehr Bedauern vorgebracht wird, desto wahrscheinlicher ist es, dass die Dinge schlimm stehen. Ich schüttelte den Kopf und deutete an, er möge direkt aufs Thema kommen, indem ich meine Augen weit aufsperrte und damit Aufmerksamkeit suggerierte.

»Ich gehe nicht davon aus, dass Sie wissen, warum ich Sie hergebeten habe?«, begann er.

Mir entschlüpfte ein halbes Lachen, und nur mit Mühe konnte ich es zur anderen Hälfte unterdrücken. Das war einfach zu englisch, diese Sätze, die etwas negieren und zugleich nur dazu da sind, genau dies zu bestätigen. Ich nahm an, dass er das Gegenteil meinte. In der ersten Zeit meiner Anstellung hatte ich die Logik dieser Formulierungen, die das Gegenteil des Gemeinten ausdrückten beziehungsweise vieldeutig waren, noch nicht begriffen. Es dauerte ein paar Monate, bis ich sie richtig zu deuten vermochte und unterscheiden konnte, was das hieß, was gesagt wurde, und was etwas anderes bedeuten sollte. Nach und nach erriet ich es immer besser und begann selbst ganz locker auf dieselbe Weise zu sprechen, denn die Menschen hier bevorzugen es, Dinge umgekehrt auszudrücken. Sie erachten eine direkte, nicht von Scham bemäntelte Sprechweise als eine Unmäßigkeit, die allenfalls unter engen Freunden ihre Berechtigung hat.

Ich schüttelte abermals den Kopf, um Gary zu bedeuten, dass ich es, wie er vermutete, nicht wüsste. Ich spielte sein Spiel mit, und es machte sogar ein wenig Spaß, denn Sätze, die Dinge nur andeuten und umtänzeln, haben etwas Poetisches. Das Labyrinth des Rätselratens hat etwas Spannendes, und es verlangt einige Zurückhaltung, sich nicht in das Abenteuer zu stürzen, so zu tun, als habe man verstanden, worum es geht, ohne je Gewissheit zu erlangen.

»Als Ihr Vorgesetzter möchte ich der Erste sein, der Ihnen die Nachricht überbringt«, setzte Gary an. »Sie haben vor Ihrem krankheitsbedingten Fernbleiben zusammen mit einem Kollegen einen Hausbesuch bei einer Klientin namens Frau A. im Obdachlosenasyl gemacht. Es tut mir leid, Ihnen mitteilen zu müssen, dass die Dame unter dramatischen Umständen ums Leben gekommen ist. Es passierte weniger als eine Stunde, nachdem Sie das Heim verlassen hatten.«

Ich wusste nicht, ob ich Bestürzung oder Kummer zur Schau stellen sollte. Es war eine jener zweideutigen Situationen, bei denen ich die gegensätzlichen Pole nicht auseinanderhalten kann. So oder so aber dachte ich, dass Gary es nicht gutheißen würde, wenn ich am Arbeitsplatz übertrieben viel Gefühl zeigen würde, also tat ich so, als müsste ich die Nachricht zunächst verarbeiten, und machte ein verwirrtes Gesicht, ohne ein Wort zu sagen. Es war alles schon misslich genug, und ich wollte es nicht noch schlimmer machen.

»Wie Sie wissen, ermittelt die Polizei in dem Fall.«

Gary hatte seine Strategie gewechselt. Er unterstellte mir nun, dass ich Bescheid wusste. Dieser Wandel kam für mich überraschend, und es konnte heißen, dass er mir eine Falle stellte. Ich musste mich jetzt damit durchhangeln, dass ich etwas sagte, das letztlich nichts hieß.

»Natürlich, in solchen Fällen ermittelt die Polizei.«

Gary nahm eine neue Sitzhaltung ein und blickte verärgert. Seine eben noch weiche Stimme nahm einen provokanten Tonfall an.

»In was für Fällen?«

Ich war bereit zu antworten, aber seine veränderte Miene ließ mich einen Moment lang zögern.

»Ich meine, wenn jemand unter dramatischen Umständen ums Leben gekommen ist. Das waren doch Ihre Worte, oder?«

Ich achtete darauf, lediglich zu wiederholen, was er selbst gesagt hatte, denn offenbar wartete er nur auf einen Fehler von mir, um sich dann auf mich zu stürzen.

»Hören Sie, wir können uns das alles sparen. Ich werde Ihnen jetzt etwas Persönliches sagen. Sie wissen, dass Sie einen Fehler gemacht haben, und noch dazu einen gewichtigen!«

Gary sprach wütend und quetschte die Worte hervor, sodass sein grober schottischer Akzent durchschien, anstatt weiter mit einem gekünstelten britischen Englisch Seriosität vorzutäuschen. Das erleichterte mich etwas, denn es hieß, dass die Karten jetzt offen auf dem Tisch lagen und weitere Spielchen unnötig waren. Ich nickte leicht, ohne dass man dies auf eine bestimmte Weise interpretieren konnte.

»Warum haben Sie der armen Frau gesagt, dass sie sich keine Hoffnung auf eine dauerhafte Bleibe zu machen brauche?«

Ich wollte widersprechen und klarstellen, dass ich gar nichts gesagt hatte, sondern nur Kayode. Aber er ließ mich nicht zu Wort kommen.

»Nichts geht über Ehrlichkeit. Das ist unser Motto hier, und das wissen Sie gut. Sie und ich sind Angestellte der Bezirksverwaltung, und unsere Aufgabe ist es, ehrlich mit der Öffentlichkeit zu sein. Aber Sie verstehen sicher auch, dass es zur Ehrlichkeit gehört, dass wir unseren Klienten keine Fakten mitteilen. Wir müssen schweigen, weil wir uns nie sicher sein können. Jedes Jahr hebt die Regierung das Renteneintrittsalter an. Wissen Sie, wann Sie in Pension gehen werden? Natürlich nicht, und ich weiß es auch nicht und auch sonst niemand. Alle paar Monate ergeht ein Beschluss von oben, dass unsere Gehälter gekürzt werden, oder die Sozialzulage, oder es ändern sich die Bedingungen, zu denen sie beantragt werden kann. Nächste Woche ändern sie vielleicht schon die Voraussetzungen für das Anrecht auf Zuweisung einer Sozialwohnung. Unsere Arbeit beruht nicht auf Tatsachen, sondern schlicht und ergreifend darauf, dass wir uns an die Abläufe halten. Abläufe sind die einzige Tatsache, die wir kennen.«

Gary machte eine Sprechpause, um einen Schluck Tee zu nehmen. Ich hatte endlich eine Gelegenheit, mich zu verteidigen: »Aber ich habe ihr gar nichts gesagt!«

Er tat so, als hätte er mich nicht gehört, und sprach weiter, jetzt zwar weniger streng, aber mit umso verärgerterem Gesichtsausdruck.

»Wissen Sie, wie die Heimbewohner uns nennen? Die Männer mit den gelben Bögen, und wissen Sie auch, warum? Weil es unsere Aufgabe ist, Fragebögen auszufüllen, sonst nichts. Wir entscheiden nichts und geben keine Beschlüsse bekannt. Sie sind ein Fragebogenmann, nicht mehr und nicht weniger. Vorgestern kam ein Heimbewohner hierher ins Büro. Er hatte eine aktuelle Blutbildauswertung dabei. Seine weißen Blutkörperchen waren auf unter 500 abgesunken. Im Krankenhaus hatte man ihm gesagt, das heiße, dass seine HIV-Infektion aus der Inkubationsphase in Aids übergegangen sei. Er war sehr glücklich. Er war jetzt amtlich beglaubigt krank, und das hieß, dass er auf der Warteliste für eine Sozialwohnung vorrücken oder sogar bald eine dauerhafte Bleibe erhalten würde. Ich hätte ihn beglückwünschen und sagen können: ›Gratuliere, Sie haben Aids!‹ Das tat ich aber nicht, weil ich ehrlich sein muss. Ich suchte ihm das Formular zur Neubewertung des Gesundheitszustandes heraus und bat ihn, es auszufüllen und ein Original des Bluttests beizulegen. Und wissen Sie auch, warum ich das tat? Weil Krankheiten nichts anderes sind als amtliche Zahlen. Schon morgen könnte die Schwelle zu Aids auf 400 oder 300 oder sonst wie viele Blutkörperchen heruntergesetzt werden. Es geht nur um Zahlen, und die können jederzeit problemlos geändert werden. Nur eines ist hier sicher, nämlich dass nichts sicher ist.«

Ich hatte mich jetzt lange genug maßregeln lassen. Die Frau hatte sich umgebracht, und es gab nichts, das wir tun konnten. Dieses Mal unterbrach ich ihn etwas lauter: »Ich sagte Ihnen doch, Gary: Ich habe ihr nichts gesagt.«

Mit erbosten Augen sah er mich an. Er öffnete die blaue Akte, blätterte kurz darin herum, entnahm ihr ein Blatt und wedelte mir damit vor dem Gesicht herum. Es war offensichtlich, dass er sich auf diesen Augenblick lange vorbereitet hatte.

»Haben Sie doch! Hier ist der Bericht des Dolmetschers, der bei der polizeilichen Vernehmung des Sohnes von Frau A. übersetzt hat. Sehen Sie selbst!«

Ich konnte nicht glauben, was ich da las. Es ergab keinen Sinn.

»Meine Mutter rief mich gegen zwölf Uhr dreißig überraschend an. Sie hatte den Kontakt zu uns eingestellt, seit sie die Nervenklinik verlassen hatte. Ihre Stimme klang ungewöhnlich ruhig und zufrieden. Sie erzählte, dass zwei Fragebogenmänner sie besucht und ihr seltsame Fragen gestellt hätten. Dazu hätten sie ihr komische Bilder vorgelegt. Einer der beiden habe Arabisch gesprochen. Ich verstand nicht genau, was der Zweck des Besuchs war. Jedenfalls hätten die beiden Besucher aufrichtig mit ihr gesprochen, und es sei das erste Mal gewesen, dass jemand so offen zu ihr gewesen sei. Sie hätten ihr mitgeteilt, dass sie sich keine Hoffnung auf eine Wohnung machen solle und sie nicht länger darauf zu warten brauche. Sie habe daher entschieden, dass es Zeit sei, sich mit mir zu versöhnen und dass sie jetzt wieder bei mir einziehen würde.

Das Warten sei schlimm gewesen und die unerfüllten Hoffnungen hätten sie in einen Zustand des *Barzakh* gebracht. (Anm. d. Dolmetschers: *Barzakh* ist ein Ort zwischen Leben und Tod, ähnlich dem katholischen Fegefeuer.) Dank des Gesprächs mit den beiden Männern habe sie zurück ins Leben gefunden, indem sie die Hoffnung verloren habe. Ich war froh, das zu hören, und vereinbarte mit ihr, ich würde nach der Arbeit bei ihr vorbeikommen, um mit ihr zu sprechen. Wegen des Vorfalls kam es dazu nicht mehr.«

Ich las den Abschnitt ein zweites Mal. Ich blickte Gary an, aber er sagte nichts.

»Ist das alles?«, fragte ich. »Warum hat sie sich dann umgebracht?«

Gary rückte sich wieder auf seinem Stuhl zurecht. Er legte den Stift weg, den er während der gesamten Unterredung in der Hand gehalten hatte, und starrte mich ehrlich überrascht an.

»Wer soll sich umgebracht haben?«

Kayode hatte falschgelegen. Alle unsere Befürchtungen in Bezug auf Frau A. waren grundlos und nur unserer Fantasie geschuldet gewesen. Gary erklärte, der Heizungsraum im Heim sei in die Luft geflogen, und es habe daraufhin einen Brand im Gebäude gegeben, der Frau A.s Zimmer erfasst habe. Nur sie sei gestorben, wohl auch wegen ihrer angegriffenen Gesundheit. Einige andere Bewohner hätten leichte oder mittelschwere Brandverletzungen erlitten.

Wie üblich überkamen mich widersprüchliche Gefühle,

die ich nicht voneinander trennen, ja nicht einmal jeweils benennen konnte. Ich musste mich nicht mehr um meine Anstellung sorgen. Allein das hätte schon ein Glücksgefühl oder zumindest eines der Erleichterung verdient gehabt. Frau A. war tot, das war traurig, aber das Problem war nun nicht mehr meines. Der Mann am Empfang in der Unterkunft war vom Dienst freigestellt, und man ermittelte gegen den Wartungsdienst der Heizungsanlage. Der Heizraum war knapp eine Stunde nach unserem Weggang explodiert, und ich wusste nicht, ob ich mich freuen sollte, dass ich auch diesmal wieder heil davongekommen war, oder ob ich Schrecken empfinden sollte. Durch reines Glück war ich noch am Leben und den Fallstricken der Wahrscheinlichkeit entkommen. Einen Moment lang glaubte ich, dass mein chronisches Problem mit der Unfähigkeit, meine Gefühle zu ordnen, nicht darauf beruhte, dass etwas mit mir nicht stimmte, sondern vielleicht eine normale Reaktion darauf war, wie die Welt funktionierte. Wie soll man sich fühlen, wenn man einem Unglück entgangen ist, das aber jemand anderen getroffen hat? Oder angesichts dessen, dass man ständig eine Tragödie zu gewärtigen hat, wenn einem nicht ein wenig Glück zuteilwird?

»Übrigens, wissen Sie, was mit Kayode los ist?«, fragte mich Gary. »Hat er den Verstand verloren? Seine Vorgesetzte hat mich vorhin angerufen. Er bestreitet beharrlich, Frau A. besucht zu haben. Ich glaube, er steckt in Schwierigkeiten. Die Kameras im Heim haben aufgezeichnet, wie er es mit Ihnen um Punkt 11 Uhr betreten hat.

Eine Stunde später sieht man ihn wieder gehen. Offenbar begreift er nicht, dass man heute nicht mehr lügen kann, wenn es niemanden gibt, der einem unbedingt glauben will. Ich rate Ihnen, sich von ihm fernzuhalten.«

Ich nickte und tat so, als wüsste ich nicht, was los war. Schließlich fragte mich Gary noch mit verspätetem Erstaunen, warum ich einen Anzug trage. Ich antwortete, ich müsste mir in einer Stunde kurz freinehmen, um zu einer Beerdigung zu gehen. Jetzt wurde Gary richtig nett und sagte, ich könne sofort gehen.

»Dass man unerwartet einem Unglück entkommen ist, muss man ja auch erst einmal verarbeiten«, meinte er und machte ein sehr verständnisvolles Gesicht.

Also machte ich mich jetzt schon auf den Weg zum Nunhead-Friedhof. Eigentlich war das ganz gut so, denn ich war vorher nie dort gewesen. Es ist einer der sieben größten Friedhöfe in London, und ich hatte Sorge, dass ich den muslimischen Teil davon nicht gleich finden würde. Meine U-Bahn-Phobie von heute Morgen war abgeklungen, und es war keine lange Fahrt. Unterwegs vertrieb ich mir die Zeit mit der Lektüre einer kostenlosen Zeitung der Verkehrsbetriebe und las ein wenig in der Rubrik »Vermischtes«. Eine Familie aus Deutschland hatte Facebook verklagt, nachdem ihre Tochter verstorben war. Die Eltern wollten das Unternehmen dazu zwingen, das Passwort der Tochter herauszugeben. Fasziniert las ich, wie die Familie argumentierte: Sie seien die rechtmäßigen Erben von allem, was der Tochter gehört habe. Facebook hielt dagegen, Erinnerungen seien wie Geschichte, sie könnten auch bei

Tod nicht vererbt werden und gehörten der Allgemeinheit. Ich fand das einleuchtend und dachte, dass selbst amerikanische Konzerne offenbar zuweilen so romantisch gesinnt sind wie jede andere Firma auch.

In Gedanken versunken vergaß ich fast, an der richtigen Station auszusteigen. Die automatische Durchsage wegen der Bettler schreckte mich gerade noch rechtzeitig vor der London Bridge auf. Dort musste ich in Richtung Bahnhof gehen, um umzusteigen. Als ich ankam, war alles voll mit Polizisten, die mit Maschinengewehren bewaffnet waren. Es war ein beängstigender Anblick. Die Beamten liefen herum und blickten argwöhnisch jeden Passagier an. Ich erfuhr, es habe wegen einer angeblichen Bombe im Bahnhof einen Alarm gegeben, aber die Polizei habe nichts gefunden. Ich stellte mich mit einem breiten Lächeln, gemischt mit Furcht, auf den Bahnsteig. Offenbar war ich schon wieder einem Unglück entronnen. Das machte mir Sorge, denn ich wusste nicht, wie viele glückliche Fügungen pro Tag mir zur Verfügung standen. Möglicherweise hatte ich sie schon alle aufgebraucht.

»Guten Tag. Mein Name ist Tarek. Sie sind wegen der Bestattung von Ghiyath hier, richtig?«

Ich war etwa fünf Minuten verspätet. Ich war auf dem weitläufigen Friedhof umhergeirrt und mehrmals im Kreis gelaufen, weil ich mir nicht hatte vorstellen können, dass der muslimische Teil gleich an die Friedhofskapelle angrenzt. Ich war immer wieder daran vorbeigelaufen, ohne dass mir aufgefallen wäre, dass die Grabsteine hier, und nur hier, alle nach Osten ausgerichtet sind. Und möglicherweise hätte ich es ein weiteres Mal übersehen, hätte mich nicht dieser kleine Mann mit Bauchansatz und dichtem Schnurrbart mit seiner kindlichen Stimme angesprochen. So musste ich nicht noch einmal im Kreis gehen. Er überreichte mir einen großen Strauß gelber Blumen und sagte, die seien für den Verstorbenen. Er sprach Englisch, aber sein schwerer Akzent verriet mir, dass seine Muttersprache Arabisch war. Ich fragte ihn entsprechend, aber er tat so, als hätte er die Frage nicht gehört.

»Ich habe durch einen Freund von dem Begräbnis erfahren. Er hat es auf Ihrer Facebook-Seite gelesen. Das ist Ihr erstes Mal, richtig?«

Ich wusste nicht, was dieser Mann Mitte sechzig meinte. Aus irgendeinem Grund störte mich sein gefärbtes Haar; es schimmerte bläulich in der Sonne.

»Was für ein erstes Mal?«, fragte ich pikiert.

Der Mann lächelte, kam zwei Schritte auf mich zu und legte mir eine Hand auf die Schulter.

»Ich gehe seit Jahren auf Beerdigungen von Menschen, die ich nicht kannte«, erklärte er. »Meistens von solchen, die hier niemanden haben, der sie beerdigt. Ich vermute, dass Sie so etwas noch nicht getan haben, so etwas erkenne ich aus Erfahrung. Vor zehn Jahren habe ich einmal einen Dokumentarfilm auf Channel Four gesehen, über Frauen, die die Überreste amerikanischer Soldaten beisetzen, die im Irak zu Tode kamen und keine Angehörigen hatten. Ich komme selbst aus dem Irak und dachte, es stünde mir gut an, auch so etwas zu tun. Mittlerweile weiß ich, dass hier täglich Hunderte von Menschen einsam sterben, und keiner kommt auf ihr Begräbnis. Nirgendwo sonst passiert das so oft wie hier. Anfangs hatte ich mich auf Iraker beschränkt, aber nach und nach kam ich zur Bestattung aller arabischen Verstorbenen. Mittlerweile bin ich ziemlich ausgelastet damit. Seit ich in Rente bin, mache ich kaum noch etwas anderes. Aber wissen Sie, jeder von uns sollte tun, was er kann, um die Welt ein wenig besser zu machen, und ich kann Ihnen sagen, es gibt keine Gnade in einer Welt, in der Tote nicht ausreichend Respekt erfahren und nicht würdig aus ihr scheiden können. Deswegen habe ich mich für den Rest meines Lebens dieser heiligen Aufgabe verschrieben.«

Der Mann sprach über eine Stunde lang mit leicht besessenem Blick von seinen zahlreichen Begräbnisabenteuern. Hin und wieder streute er Erinnerungen an den Irak ein. Er war als Ingenieur in der Armee tätig gewesen, dann begann der erste Golfkrieg, und er floh. Trotz seiner offensichtlichen Verschrobenheit sagte er aber auch schöne Sätze wie: »Am Grab stehend kämpfe ich die letzte Schlacht gegen die Einsamkeit und entreiße ihr ihre Opfer.«

Manches andere war Gefasel, aber unterhaltsam war der Mann allemal, und mehr als einmal konnte ich ein Lachen nicht zurückhalten. Einmal erwähnte er beiläufig, er sei Kommunist gewesen, womit sich manche seiner hochtrabenden Phrasen wie diese erklärten: »Die Waffe des Kapitalismus ist die Vereinzelung, und wenn wir diese bezwingen, gewinnt der Sozialismus!«

Er war überzeugt davon, dass er einen wichtigen Beitrag leistete, einer strahlenden sozialistischen Zukunft den Weg zu bereiten. Er tat mir leid, aber seine Ehrlichkeit beeindruckte mich auch. Er hatte lange gesprochen, noch immer waren keine weiteren Begräbnisteilnehmer eingetroffen, und der Leichnam auch nicht. Ich versuchte mehrfach, den Baumwollmann anzurufen, um zu fragen, ob sich etwas in der Planung geändert habe. Es klingelte jeweils lange, dann brach die Verbindung ab. Mein Genosse aber machte sich keine Sorgen und versicherte mir, es käme im Vereinigten Königreich durchaus vor, dass Bestattungen sich um einige Stunden verzögern würden.

»Erst gestern war ich auf der Beerdigung eines anderen jungen Syrers«, erklärte er mir. »Außer mir war nur einer gekommen, um ihn zu begraben, und wir mussten zwei Stunden warten. Und dieser andere war ein ganz eigenartiger Geselle, der die komischsten Dinge sagte. Er war selbst auch Syrer, und er war Journalist und auf der Suche nach etwas, was er über den Toten schreiben konnte. Zu seiner Enttäuschung bekam er lediglich meine Geschichte. Er rauchte eine Zigarette nach der anderen und blies seine Enttäuschung mit dem Rauch aus. Er sagte unglaubliches Zeug, zum Beispiel: ›Wie sehr ich mir doch wünsche, wie Gabriel García Márquez zu sein!‹ Er meinte diesen kolumbianischen oder argentinischen Schriftsteller. Ich sagte, er sei wohl etwas überambitioniert, aber er legte noch eins drauf und meinte, er sei ein mindestens so begabter Autor, aber weniger niederträchtig als Gabriel García Márquez. Glaubt man das?«

Es war spät geworden, die Uhr zeigte schon fast halb vier, als Wolken über uns aufzogen und die Sonne verdeckten. Ich machte mir Sorgen. Was der Iraker erzählte, war zwar unterhaltsam, aber ich bekam Hunger, es kühlte ab und Regen kündigte sich an.

»Gabriel García Márquez habe über Leid und Diktatur geschrieben und sich nicht geschämt, seinen Lebensunterhalt damit zu verdienen. Er selbst wäre gern so trivial, ohne Gewissensbisse zu verspüren. Bei ihm sei es so: Je mehr Menschen in Syrien sterben, desto mehr habe er zu schreiben und umso mehr Honorare fielen ihm zu, und darunter leide er sehr.«

Mein Handy klingelte, ich nahm es schnell zur Hand, weil ich dachte, es sei der Baumwollmann, aber es war Kayode. Er hatte schon mehrfach versucht, mich anzurufen, aber ich war nicht in Stimmung, das Gespräch anzunehmen. Ich drückte ihn weg. Mein Genosse sprach weiter und sprang mit Leichtigkeit von einem Thema zum nächsten. Es war offensichtlich, dass er nicht oft jemanden fand, der ihm zuhörte.

»Wissen Sie, damals im Irak war ich nur deswegen Kommunist, weil ich gegen meine Eltern rebellieren wollte. Seit ich hier bin, bin ich ein sehr gläubiger Muslim und verpasse nie ein Gebet. Aber auch das tue ich nur aus Trotz. So sind wir irakischen Kommunisten. Besuchen Sie einmal das Grab von Karl Marx hier in London. Darum herum liegen die Gräber führender irakischer Kommunisten mit Koranversen auf den Grabsteinen.«

Als die ersten Regentropfen fielen, war es schon nach fünf. Ein letztes Mal versuchte ich den Baumwollmann anzurufen, aber vergeblich. Ich war hungrig und erschöpft.

»Wir Iraker haben den Islam an Marx' Grab gebracht.«

Er lachte laut über seinen Witz, ich lachte mit, und es regnete etwas heftiger. Es war spät geworden, und wir beschlossen, zu gehen.